Rendidos a la pasión

Karen Booth

Editado por Harlequin Ibérica.
Una división de HarperCollins Ibérica, S.A.
Núñez de Balboa, 56
28001 Madrid

© 2016 Karen Booth
© 2016 Harlequin Ibérica, una división de HarperCollins Ibérica, S.A.
Rendidos a la pasión, n.º 2095 - 7.12.16
Título original: Pregnant by the Rival CEO
Publicada originalmente por Harlequin Enterprises, Ltd.

I.S.B.N.: 978-84-687-8492-2
Depósito legal: M-31298-2016
Impresión en CPI (Barcelona)
Fecha impresion para Argentina: 5.6.17
Distribuidor exclusivo para España: LOGISTA
Distribuidores para México: CODIPLYRSA y Despacho Flores
Distribuidores para Argentina: Interior, DGP, S.A. Alvarado 2118.
Cap. Fed./Buenos Aires y Gran Buenos Aires, VACCARO HNOS.

Capítulo Uno

–¿Estrangularme? ¿No te parece una solución un poco extrema? –preguntó Anna Langford mientras miraba con la boca abierta a Holly Louis, amiga y compañera de trabajo.

Las dos estaban en el lujoso vestíbulo del The Miami Palm Hotel, justo enfrente del bar. Anna estaba esperando a ver cómo fructificaba su ambicioso plan de negocios. Ojalá Holly pudiera ser lo suficiente generosa como para poder decirle algo que la animara...

–Yo solo he estado en unas cuantas reuniones con tu hermano, pero se va a poner hecho una fiera cuando descubra que quieres firmar un acuerdo con Jacob Lin.

Anna miró por encima del hombro. El bar estaba lleno a rebosar. Todos eran asistentes a la conferencia tecnológica que se iba a desarrollar allí a lo largo de los próximos dos días. Como directora de Adquisiciones Tecnológicas para LangTel, la empresa de telecomunicaciones que el padre de Anna creó antes de que ella naciera, el trabajo de Anna era buscar lo más nuevo del mercado. Su hermano Adam, que era el presidente de LangTel, había sido claro como el agua. Esperaba que lo deslumbrara. Desde la muerte de su padre, la empresa pasaba por sus horas más bajas. Anna había realizado una oferta por una tecnología para teléfonos móviles que iba a revolucionar el mercado, pero Adam no lo sabía. Estaba bastante segura de que el resto de los competidores de LangTel tampoco. Desgraciadamente, para conseguir su objetivo, tenía que pasar por Jacob Lin y él odiaba a su hermano y Adam, sin duda alguna, lo correspondía.

—Es él, ¿no? —susurró Holly mientras indicaba discretamente el lugar en el que se encontraba Jacob—. Maldita sea, no lo había visto nunca antes en persona. Está cincuenta veces más bueno que en las revistas.

«A mí me lo vas a contar», pensó Anna. Sabía muy bien quién era Jacob Lin y lo bueno que estaba. Se había visto desairada por él hacía seis años y aún le escocía.

—¿Tiene siempre esa aura que dice que es genéticamente superior a todos los hombres que hay en un radio de setenta kilómetros?

A Anna ni siquiera le hizo falta darse la vuelta para mirar.

—Así es. Y es innato. No se tiene que esforzar.

—Vaya… —dijo Holly mientras le golpeaba suavemente el hombro a Anna—. Pues entonces buena suerte. Yo diría que la vas a necesitar.

—¿Qué dices? —le preguntó Anna mientras sentía que la poca seguridad que tenía en sí misma se evaporaba—. ¿De verdad crees que me va a ir tan mal?

—Eres una Langford. Ese hombre odia a tu familia, por lo que sí, pienso que te va a ir mal.

—Técnicamente, te podría ordenar que vinieras conmigo. Eres un miembro del equipo.

Holly sacudió la cabeza tan rápidamente que el cabello pareció rizársele aún más.

—Mi trabajo no incluye misiones suicidas.

Anna se vio abrumada por las dudas, pero hizo lo que pudo para deshacerse de ellas. Tenía que hacerlo.

Si quería convencer a su hermano de que podía dejarle paso para que ella pudiera sustituirle en la presidencia, tal y como él le había prometido antes de que su padre muriera, tenía que tomar decisiones duras y realizar acciones arriesgadas.

Sin embargo, Holly no andaba desencaminada. No había que ser adivino para saber cómo iba a reaccionar Jacob dada su trayectoria con la familia Langford.

—Pues te digo ahora mismo que va a ir todo genial —dijo Anna fingiendo convicción—. Jacob es un hombre al que le interesa mucho el dinero, y yo puedo ofrecerle un buen montón. Cuando Adam vea lo importante que este asunto podría ser para LangTel, dejará también a un lado lo personal. Se trata de negocios. Nada más.

—Entonces, ¿cuál es tu plan para acercarte a ese guaperas?

—Le voy a pedir al camarero que le entregue una nota.

Holly frunció los ojos como si tuviera una migraña.

—¿Es que así no parecerá raro?

—No puedo llamarle por teléfono —replicó Anna—. No tengo su número de móvil.

El único número de Jacob del que disponía tenía ya seis años, y lo obtuvo durante la semana que él pasó con la familia Langford en Navidad. El año en el que se enamoró de él. El año en el que le besó. El año en el que él la rechazó. Aquel antiguo número de móvil ya no le pertenecía. Anna lo había marcado sin resultado alguno.

—Pues tampoco puedes acercarte a él y comenzar a hablar. No solo harás que las malas lenguas empiecen a funcionar, sino que conseguirás que echen humo.

—No. No puedo acercarme a él para hablar…

Por muy ridículo que sonara, era cierto. Todo el mundo del mundillo de las telecomunicaciones conocía la mala relación que tenía Adam Langford con Jacob Lin. La traición había sido cruel y demasiado pública.

–Si hay alguien que puede hacer que ocurra lo imposible, esa eres tú –dijo Holly–. Mándame un mensaje luego y me cuentas lo que ha ocurrido. Buena suerte.

–Gracias… –musitó Anna.

Se estiró la blusa y entró en el bar con la cabeza muy alta. Se dirigió al único sitio disponible en la barra. Entonces, muy discretamente, sacó un trozo de papel y un bolígrafo del bolso. Había llegado el momento de demostrar que podía ser una mujer implacable que no miraba nunca al pasado.

Jacob:
Estoy sentada al otro lado de la barra del bar. Necesito hablar contigo para que podamos discutir una proposición de negocios. He pensado que era mejor no dirigirme a ti abiertamente considerando la situación que existe entre Adam y tú. Envíame un mensaje si estás interesado.

Anna

Anotó su número de teléfono móvil y le hizo una seña al camarero. Se inclinó sobre la barra para que los hombres que estaban a ambos lados de ella no escucharan nada.

–Necesito que le dé esto al caballero que está sentado en la esquina. El alto del traje gris. Cabello negro.

Prefirió no mencionar lo de la marcada mandíbula ni la sublime belleza de su rostro. Tampoco dijo nada al respecto de su masculina apostura ni de su piel perfecta, producto de la mezcla de sangre taiwanesa y estadounidense en las venas.

El camarero frunció el ceño y miró la nota. Anna se apresuró a tomar la iniciativa y colocó un billete de diez dólares en la barra. El camarero lo retiró inmediatamente.

—Por supuesto, señorita —dijo.

—Y sírvame un Martini seco cuando pueda. Con tres aceitunas.

Una copa le infundiría valor. Se rascó la cabeza y trató de permanecer impasible mientras estudiaba a Jacob. Él se mesó el cabello cuando el camarero le dio la nota. Anna observó los profundos ojos marrones. No resultaba difícil recordar el modo en el que se iluminaban cuando sonreía, pero dudaba que su mensaje causara tal reacción.

Mientras leía la nota, la frente se le arrugó. ¿En qué estaría pensando? ¿Que Anna estaba loca? Entonces, sacudió la cabeza y dobló la nota. A continuación, tomó el teléfono móvil y comenzó a teclear en él. ¿Cómo se había podido olvidar de lo cautivadoras que resultaban las manos de Jacob? Al igual que el resto de su ser, eran grandes y masculinas. Parecían tan… capaces. Desgraciadamente para ella, la familiaridad que tenía con aquellas manos no había ido más allá del roce en la espalda y de la mano en el hombro que le había puesto cuando le soltó la frase que Anna no había podido olvidar en todos aquellos años. «No puedo, Anna. Mi amistad con Adam significa demasiado».

Le había costado mucho olvidarse de Jacob. El simple hecho de estar en la misma sala que él le hacía recordarlo todo. A pesar del importante asunto que tenía entre manos, no podía evitar seguir pensando en el pasado, en las sonrisas, las carcajadas y las miradas que habían compartido y que aún seguían turbando sus pensamientos. Maldita sea. Había estado tan segura de que lo había superado todo…

Jacob se guardó el teléfono en el bolsillo y se terminó su copa. Justo en aquel instante, la pantalla del teléfono de Anna se iluminó. Se le hizo un nudo en la garganta. ¿Qué le habría contestado? ¿Que no quería tener nada que ver con ella ni con su familia? Tragó saliva y leyó el mensaje: «Suite del ático. 15 minutos».

Anna se olvidó de respirar. El mensaje era tan propio de Jacob… Directo. Al grano. Lo suficientemente intimidatorio como para hacerla dudar aún más. A ella no le imponían los hombres poderosos. Trabajaba a su lado todos los días y podía mantenerse firme en cualquier situación de negocios. Sin embargo, aquellos hombres no ejercían sobre ella la misma atracción que Jacob. Ninguno de aquellos hombres había tenido antes su corazón entre las manos y, por supuesto, ella no se había pasado años añorando a ninguno de ellos ni escribiéndoles cartas que luego terminaba por no mandar.

Jacob se puso de pie y se despidió del hombre con el que había estado hablando. Con la elegancia de un felino, se abrió paso a través del abarrotado bar, irguiéndose por encima de casi todos los presentes con su casi metro noventa de estatura.

Al ver que se acercaba a ella, Anna sintió que un escalofrío le recorría la espalda. Pasó a su lado, rozándola, sin decir ni una sola palabra y dejando a su paso su embriagador aroma, una mezcla de sándalo y cítricos. Quince minutos. Tenía que recuperar la compostura y prepararse para estar a solas con el único hombre por el que habría sido capaz de hacer cualquier cosa.

«Anna Langford. No me lo puedo creer». Jacob apretó el botón del ascensor privado que conducía a su suite. Se había pasado los últimos seis años convencido de que toda la familia Langford lo despreciaba, un sentimiento que no le había quedado más remedio que corresponder. Después de recibir la nota de Anna, no sabía qué pensar, y esto le turbaba. Él siempre sabía qué pensar.

¿Quería reunirse con la bella Anna Langford, la más joven de los tres hermanos Langford, la mujer que tenía por hermano mayor a un canalla en el que no se podía confiar? La perspectiva, aunque poco recomendable, lo intrigaba. Anna y él habían sido amigos y, en una única y memorable noche, habían sido un poco más. Sin embargo, ¿quería hablar con Anna Langford, miembro del comité ejecutivo de LangTel? En realidad, dependía de lo que ella quisiera comentarle.

Su plan para diseñar la absorción de LangTel no solo fracasaría si Anna lo descubría: Jacob quedaría hundido. El War Chest, un grupo de inversión secreto y muy poderoso que dirigía Jacob, había sido testigo del declive de las acciones de LangTel después de la muerte de Roger, el padre de Anna y Adam. Con Adam al mando, la empresa era muy vulnerable, dado que él no contaba con la confianza del consejo de administración como le había ocurrido a su padre. LangTel era una presa fácil.

El plan de War Chest había surgido en medio de una partida de cartas aderezada con mucho bourbon que se celebró una noche en Madrid. Había sido el propio Jacob quien lo había sugerido. Sería un gran desafío, que requería una enorme cantidad de dinero y un cuidadoso planeamiento, pero era ese precisamente la clase de proyecto que le encantaba a War Chest. Sin riesgos no había recompensa. Podían ganar mucho dinero porque una empresa tan bien establecida terminaría por resurgir tarde o temprano. La venganza conseguida contra Adam por haberle depuesto como presidente de la empresa le daría a su antiguo amigo exactamente lo que merecía.

Mientras subía en el ascensor, Jacob pensó que el juego había cambiado precisamente en el instante en el que Anna entró en el bar. Ya no era una jovencita inocente, sino una poderosa mujer de negocios muy segura de sí misma. Otros hombres del bar también se habían percatado. Era una mujer formidable por su pedigrí en el mundo de los negocios, dado que provenía de una de las familias de empresarios de más éxito en la historia de los Estados Unidos. Su belleza solo aumentaba esa capacidad de intimidación. Su espesa melena castaña le caía por los hombros. Se movía con la gracia y elegancia de una bailarina. Sus labios sugerían dulzura y presagiaban una tormenta.

Los labios de Anna habían rozado los de él en una ocasión. Unos instantes que aún abrasaban su recuerdo. El modo en el que ella se había apretado contra su cuerpo vibraba dentro de su ser. Había estado tan dispuesta a rendir su cuerpo, a explorar el de él... Cuando Jacob la rechazó diciendo que destruiría la amistad que tenía con su hermano, sabía que había hecho lo correcto.

Jamás había podido imaginar que Adam lo traicionaría meses más tarde dando por finalizada su asociación en los negocios y que había ganado millones vendiendo la empresa que habían comenzado juntos. Además, había negado la contribución de Jacob al proyecto. Jamás lograría olvidar las palabras que su hasta entonces amigo le había dedicado. «Deberías haber pedido un acuerdo de sociedad». Y pensar que él había confiado en Adam… Ese había sido su primer error.

Entró en la suite. Todo estaba en silencio y rezumaba lujo y sofisticación, como su casa en Nueva York. Aparte de una doncella, una cocinera y de una secretaria, no había nunca nadie esperándolo cuando entraba por la puerta al final de un largo día. Y así lo prefería. La mayoría de la gente resultaba una desilusión. Como ejemplo, solo tenía que pensar en Adam Langford.

Una proposición de negocios. ¿A qué se había querido referir Anna? Sería muy valiente por su parte si ello implicara una tregua, dado que el litigio entre Adam y él había ido empeorando con los años.

Parecía que cuanto más éxito tenía Jacob, peores eran los comentarios que Adam realizaba sobre él en fiestas o publicaciones relacionadas con el mundo de los negocios. Jacob, por supuesto, no había tardado en hacer lo mismo. Le había resultado imposible no hacerlo. Sin embargo, no había tardado mucho en darse cuenta de que había que ir más allá. Hechos, no palabras. Ya no le diría al mundo lo que pensaba de Adam. Se lo demostraría.

Jacob tomó el teléfono y llamó al conserje.

–Buenas noches, señor Lin. ¿En qué puedo ayudarle?

–¿Me podría enviar una botella de vino, por favor? –le preguntó mientras hojeaba el menú del servicio de habitaciones–. El Montrachet, Domaine Marquis de Laguiche –añadió, pronunciando las palabras en francés sin ningún problema.

11

Los años pasados en internados de Europa y Asia habían supuesto que dominara cuatro idiomas: francés, inglés, japonés y mandarín, el idioma que su padre había crecido hablando en Taiwán.

–Sí, señor Lin. Tenemos la cosecha del 2012 a un precio de mil quinientos dólares. Confío en que sea de su agrado.

–Por supuesto. Súbala inmediatamente.

«La vida es demasiado corta para tomar vino barato».

En realidad, Anna y él habían consumido bastante vino barato durante sus charlas nocturnas en la casa familiar de los Langford en Manhattan. De eso parecía haber pasado una eternidad.

Por aquel entonces, su amistad con Adam significaba mucho para él. Se lo contaban todo. Les unían además sus aspiraciones profesionales. Jacob se llevaba también estupendamente con Anna, aunque con ella disfrutó de mucho menos tiempo. Diez días durante los cuales bebieron, jugaron a las cartas y bromearon mientras la atracción surgía entre ellos. En ocasiones pensó en hacer algo al respecto, pero nunca lo hizo.

Le habían educado como un caballero y ningún caballero trataba de seducir a la hermana de su mejor amigo, por muy tentadora que ella pudiera resultar. Y Anna lo había sido. Le dolió físicamente tener que decirle que no cuando ella lo besó, y no solo porque el beso le provocó una potente erección. Aquella noche, sintió que había rechazado algo más que sexo. Resultaba difícil no lamentarse por lo que no había ocurrido…

Cuando el servicio de habitaciones le llevó el vino, Jacob se quitó la americana y la corbata. Se sentía como si se estuviera quitando su armadura, pero quería que la reunión fuera informal. Si los Langford se habían percatado de la absorción y Adam la había enviado para espiarle, aquella imagen le haría parecer menos amenazador.

El timbre sonó. Jacob le había dado a su asistente personal la noche libre, por lo que se dirigió hacia la puerta para abrirla él mismo. Cuando la abrió, bebió con avidez la imagen de Anna. Una mirada robada en el bar del hotel no tenía nada que ver con tenerla cerca. Su dulce aroma, el ligero movimiento del torso con cada respiración… Todo ello le provocaba sensaciones por todo el cuerpo para las que Jacob no estaba preparado.

—¿Puedo entrar? —preguntó ella—. ¿O acaso has abierto la puerta para poder darme con ella en las narices? —añadió, en tono de broma.

—Tú no te mereces ese trato. Solo tu hermano —respondió él mientras se hacía a un lado.

—No te quitaré mucho tiempo porque estoy seguro de que estás muy ocupado —dijo ella tras detenerse en el recibidor.

—Anna, son las ocho de la tarde. Ni siquiera yo trabajo las veinticuatro horas seguidas. La tarde es tuya. Para lo que quieras —añadió Jacob. Cuanto más tiempo pasara con ella, más seguro podría estar de sus motivos.

Anna se estiró la americana negra que llevaba puesta. Las largas líneas de los pantalones evidenciaban la esbeltez de su cuerpo.

—¿Estás seguro?

—Por favor, entra y siéntate.

Anna se dirigió al salón y tomó asiento al borde del sofá. Las ramas de las palmeras aleteaban contra el viento. La luz de la luna de Miami se filtraba a través de los amplios ventanales.

–He venido a hablar de Sunny Side.

De todas las cosas que Jacob habría podido imaginar que Anna podría querer hablar con él, jamás se le habría ocurrido aquella.

–Estoy impresionado. Pensaba que había conseguido mantener oculto mi papel como inversor en Sunny Side. De hecho, pensé que nadie lo sabía –añadió. Exactamente como espera fueran sus planes sobre LangTel. ¿Acaso estaba perdiendo cualidades? ¿O se trataba más bien de que Anna era muy buena en su trabajo?

–Lo leí en un blog. Tuve que investigar un poco para imaginarme de dónde venía el dinero, pero por fin decidí que tenías que ser tú, aunque solo era un presentimiento. Gracias por confirmar mis sospechas.

Esbozó una sonrisa y frunció las cejas, mostrando la misma sonrisa de satisfacción que poseía su hermano. Las veces que Jacob había deseado borrársela del rostro a Adam eran incontables, pero a Anna… En su caso, acompañaba la mirada misteriosa de sus ojos castaños y resultaba casi imposible de soportar. De repente, se sintió intrigado por el lado astuto que ella le estaba mostrando, mucho más segura de sí misma que la veinteañera alocada que ella era cuando la conoció.

–Muy bien. ¿Te apetecería una copa de vino?

Anna dudó.

–Creo que sería mejor que mantuviéramos la conversación estrictamente en el terreno de los negocios.

–Tú y yo no podemos hacer negocios sin que lo personal se mezcle también. Tu familia y yo estamos enredados para siempre.

Anna asintió.

–¿Qué te parece si me hablas de Sunny Side y yo me tomo esa copa de vino?

¿De verdad sería una conversación tan inocente? El lado más escéptico de Jacob quería pensar que no, pero había sido un día muy largo. Al menos, podría disfrutar de una copa de buen vino y experimentar gran satisfacción al admirar a la hermana pequeña de su enemigo.

—Abriré la botella ahora mismo.

—Sunny Side podría ser una maravillosa adquisición para LangTel —comentó Anna.

Jacob abrió la botella en el bar y sirvió dos copas. Entonces, se dirigió hacia el lugar en el que Anna estaba sentada y tomó asiento junto a ella. Después, hizo chocar suavemente las copas.

—Salud —dijo.

Tomó un largo sorbo y estudió el encantador rostro de Anna, en especial sus labios. Tan solo los había saboreado unos instantes, pero conocía la chispa que ardía en ellos a pesar de su compuesta apariencia. Anna podría ser fácilmente su perdición… No había anticipado en ningún momento que aquella maravillosa criatura pudiera volver a aparecer en su vida ni que pudiera entrometerse en la inversión más arriesgada de toda su carrera.

—¿Y bien? ¿Qué me dices de Sunny Side?

—Sí, lo siento. Ha sido un día muy largo. ¿Y de qué sirve hablar de ello? Sunny Side podría considerar una oferta de LangTel, pero el problema es Adam. No veo que él quisiera adquirir una empresa con la que yo estoy tan implicado y, francamente, a mí tampoco me interesa volver a meterme en la cama con él.

Meterse en la cama con la hermana de Adam podría ser otra cuestión. La lealtad a su amigo ya no se interponía entre ambos.

Anna asintió.

–Yo me ocuparé de Adam. Solo quiero saber si me puedes reunir con Sunny Side.

–Para que lo sepas, es más que dinero. El fundador no es muy amigo de los grandes negocios. Me llevó meses ganarme su confianza.

Ella no se vio desmoralizada por aquel comentario. De hecho, parecía que los obstáculos le provocaban entusiasmo.

–Por supuesto. La tecnología tiene una serie de aplicaciones ilimitadas.

–Revolucionará toda la industria de la telefonía móvil.

De repente, a Jacob se le ocurrió otra cosa. El interés de War Chest en LangTel se basaba en el hecho de convertir la corporación en una máquina de hacer dinero cuando Adam ya no estuviera. Sunny Side jugaría un papel muy importante en la industria. ¿Por qué no ponerlas a las dos juntas? Los beneficios serían enormes.

–Entonces, ¿crees que podremos conseguirlo?

Jacob admiraba su persistencia. Entre otras cosas.

–Solo si Adam se mantiene al margen.

–Me ocupo del departamento de adquisiciones técnicas. Estarías haciendo negocios conmigo.

–¿Cuánto tiempo crees que seguirás en ese puesto?

Jacob se sorprendió de que ella estuviera trabajando para LangTel. Nunca le había gustado estar a la sombra de su hermano.

–Espero que no eternamente.

–¿Tienes tus ambiciones puestas en cosas más importantes y mejores?

Anna sonrió cortésmente.

–Sí.

Jacob se sintió aliviado de que Anna terminara

marchándose de LangTel. Ella ganaría un montón de dinero por las acciones personales que tenía si la absorción era un éxito. Además, la trayectoria profesional de Anna no se vería afectada. El objetivo de Jacob era Adam, no su hermana.

—Bueno, si vamos a hablar sobre Sunny Side, Adam tiene que mantenerse al margen. Una negociación requiere compromiso, algo de lo que él es incapaz. No le gusta cuando se muestra en desacuerdo con él.

—Conozco muy bien esa faceta de su personalidad —dijo ella mientras deslizaba suavemente el dedo por el borde de la copa sin apartar la mirada de la de él y provocando así una fuerte reacción—. Nunca pude conseguir que Adam me contara exactamente lo que ocurrió entre vosotros dos.

Aunque Jacob no estaba seguro de qué había hecho que Adam reaccionara de aquella manera, sospechaba que Roger Langford era la causa. Todo empezó cuando Jacob se dio cuenta de la idea principal de Adam para Chatterback, el sitio web de la red social que estaban preparando. Necesitaban volver a pensarlo todo. Adam mostró su desacuerdo con vehemencia. Los dos estuvieron discutiendo durante días. Jacob le sugirió a Adam que le consultara a su padre con la esperanza de que este pudiera inyectarle un poco de sentido común. Al día siguiente, dejó de hablar a Jacob.

—Pues me sorprende. Había dado por sentado que le encantaba hablar mal de mí a todo el que quisiera escucharle.

—Eso lo hizo, pero nunca quiso hablar de lo que había ocurrido —comentó Anna mientras se rodeaba la cintura con los brazos.

¿Quería aventurarse en aquella dirección? No. Los

detalles le enervaban demasiado. Dinero perdido e incontables horas, pasión y trabajo duro desperdiciados sin más. Además, no podía contarle a Anna que sospechaba que su padre había sido el problema. Seguramente, ella aún seguía añorando a su progenitor.

—No quiero que se me acuse de tratar de mancillar la opinión que tienes de Adam. Después de todo, es tu hermano.

—Está bien, pero al menos dime que me organizarás una reunión con Sunny Side.

Jacob se centró en el trabajo y los negocios. Había muchas maneras en las que aquello podía salir mal. Por supuesto, si salía bien, sería un verdadero golpe de efecto.

—Está bien, pero solo porque eres tú. No quiero que Adam interfiera en nada.

—Puedes confiar en mi palabra. No se lo permitiré —concluyó ella. Entonces, tomó un sorbo de vino y, tras dejar la copa de nuevo sobre la mesa, se echó a reír—. Ya me fastidió bastante que él fuera la razón de que no quisieras que yo te besara.

Capítulo Dos

Melanie, la prometida de Adam, señaló las páginas de las revistas de moda nupcial que estaban extendidas sobre la mesa del comedor del ático de él.

–Anna, ¿qué te parece? ¿Negro o berenjena?

Estaban hablando de los vestidos de damas de honor. Del vestido que Anna tendría que ponerse para la boda de Adam y Melanie, que se celebraría en enero. Anna no tenía ningún interés en aquel asunto. Llevaba toda la semana tratando de plantearle a su hermano el asunto de Jacob y de Miami, pero Adam no hacía más que darle largas.

–¿Tienes alguna preferencia? –le preguntó Melanie.

Anna negó con la cabeza y dejó la cucharilla de postre sobre el plato. La mousse de chocolate que Melanie le había servido con la cena era deliciosa. Perfecta. Igual que la vida de Adam y Melanie, una pareja ideal, completamente enamorada, que iba a casarse al cabo de unos pocos meses.

–Lo siento. ¿Qué me decías?

–¿Vestido negro clásico o morado oscuro con escote palabra de honor?

Anna ahogó un suspiro. Se alegraba sinceramente por Melanie y Adam, pero su boda se había adueñado por completo de la vida de la familia Langford. Era de lo único que Evelyn, la madre, quería hablar. Para que la situación fuera aún más divertida para Anna, su madre solía añadir un comentario sobre cómo su primer proyecto después de la boda era ayudar a Anna a encontrar el hombre adecuado.

Anna adoraba a su hermano, y Melanie se había convertido en una buena amiga, pero le costaba ser testigo de cómo ellos alcanzaban una etapa tan importante de sus vidas. Anna no creía que ella llegaba nunca a casarse. A sus veintiocho años, soltera en una ciudad llena de hombres que no se dignaban a mirar a las mujeres con aspiraciones, no podía pensar de otra manera. La mayoría de los hombres se sentían intimidados por su familia y por el puesto que ella ya había alcanzado en LangTel. Si llegaba a convertirse en presidente de la empresa, les resultaría aún más intimidante.

–Supongo que el negro –dijo–. Pero deberías elegir el que te guste a ti. No te preocupes por mí. Es tu gran día, no el mío.

–No. Quiero que estés contenta. Creo que nos decidiremos por el negro –comentó Melanie, con una afectuosa sonrisa.

Anna adoraba a su futura cuñada. En realidad, por aquel entonces, ella era lo único que hacía que resultara tolerable estar con Adam. Este hecho la entristecía. Adam siempre había sido su aliado, pero en aquellos momentos, no sabía cómo iba a reaccionar y, en la mayoría de las ocasiones, parecía que cualquier cosa conseguía hacerlo estallar.

Siempre había dado por sentado que Adam y ella se apoyarían el uno en el otro cuando su padre falleciera, pero había ocurrido al revés. Adam se mostraba reservado. Se había encerrado en el despacho de su padre y permanecía distante de todo y de todos. Cuanto peores se ponían las cosas, más se apartaba de Anna. Ella había estado tratando de armarse de paciencia. Cada persona se enfrentaba a la muerte de un modo diferente. Ojalá él pudiera confiarle más responsabilidad, Anna podría quitarle trabajo y recordarle que estaba muy preparada para tomar las riendas.

Melanie tomó la mano de Adam. El deslumbrante anillo de compromiso le relucía en el dedo.

–Todavía no me puedo creer que nos vayamos a casar. Me tengo que pellizcar todas las mañanas.

–Pues espera a que tengamos hijos –replicó Adam–. Entonces sí que se van a poner surrealistas las cosas.

–¿Ya estáis hablando de niños? –les preguntó Anna muy sorprendida.

–Sí –contestó Melanie–. A dos de mis hermanas les costó quedarse embarazadas. Si vamos a tener niños, no quiero arriesgarme a esperar demasiado tiempo.

Anna asintió. Ella se había preguntado muchas veces cuánto tiempo tendría ella que esperar. Sus amigas de la universidad ya habían empezado a tener hijos, y algunas iban ya por el segundo o el tercero. Sabía que aún le quedaba tiempo, pero después de la muerte de su padre, los sentimientos se habían impuesto sobre el razonamiento y sentía pánico.

Se sentía sola mientras veía cómo Adam daba un paso adelante en su vida. Por eso, había decidido que no estaba dispuesta a esperar a que un hombre se presentara en su vida. Había empezado a considerar la inseminación artificial. Solo por si acaso. Esperaba encontrar el amor y una pareja para que nada de todo aquello fuera ya necesario. Sin embargo, en aquel momento, se había sentido indefensa. Hacer algo al respecto era lo único que le hacía sentirse mejor.

Desgraciadamente, la visita a la clínica había sacado a la luz un problema devastador. Una red de tejido procedente de su operación de apendicitis estaba ahogando literalmente sus posibilidades de poder concebir a menos que recurriera la cirugía. Si no arreglaba aquella situación y se quedaba embarazada, tal vez no podría hacerlo nunca. Con las cosas tal y como estaban en el trabajo, Anna no había hecho aún nada al respecto, aunque esperaba poder hacerlo algún día.

–No vamos a tener que esperar, Mel –le dijo Adam a su prometida mientras se reclinaba sobre el respaldo de la butaca–. Si todo sale como espero, estarás embarazada cuando termine nuestra luna de miel.

Melanie sonrió.

–¿Te ha hablado Adam de Fiji? –le preguntó a Anna–. Dos semanas en una casa privada en la playa con un chef y masajista particular. Me muero de ganas.

Fiji en enero. Anna suspiró. Odiaba sentir envidia.

–Tenemos que hablar de eso –le dijo Adam a Anna–. Vamos a estar fuera dos semanas completas. Si piensas que es demasiado tiempo para que te quedes al mando de LangTel, quiero que me lo digas ahora.

–No me puedo creer que puedas pensar que no soy capaz de ocuparme –replicó ella con exasperación.

–¿Y qué me dices de lo de Australia? ¿Y si ocurre algo así cuando yo no esté? Aún estamos solucionando ese lío.

–No estamos solucionando los dos ese asunto, lo estoy solucionando yo. Y tú me pediste que realizara esos cambios. Yo simplemente cumplía órdenes.

–Si vas a ser presidenta, tienes que pensar por ti misma. No tendrás nadie que te dicte órdenes.

Anna odiaba que su hermano la hablara de aquella manera, como si no supiera nada del negocio.

–Y lo haré cuando me entregues por fin las riendas de la empresa –le espetó ella apretando los puños. Estaba tan cansada de la dinámica que tenía con Adam, siempre en estado de tensión.

Melanie se escondió detrás de una revista de novias. Ciertamente, aquella conversación no podía estar resultándole cómoda.

–Cuando estés lista. Ni un día antes –rugió Adam–. Sabes que estamos en una situación muy delicada. Las acciones de la empresa no dejaban de fluctuar. Y no hago más que escuchar rumores que alguien, en alguna parte, quiere absorbernos.

Anna había escuchado los mismos rumores, pero los había ignorado. Esperaba que fueran tan solo conjeturas y nada más.

–Adam, los cambios provocan inestabilidad. Creo que estás poniendo excusas cuando la verdad es que, de repente, tienes una confianza nula en mí.

–No me lo pones fácil cuando cometes errores. La mitad de los miembros del consejo son de la vieja guardia. No quieren ver cómo una mujer se hace cargo de la empresa, sea lo que sea lo que te digan a la cara. Tenemos que encontrar el momento adecuado.

–Lo que quieres decir es que tengo que esperar hasta que tú decidas que es el momento adecuado.

–No tienes ni idea de la presión que estoy soportando. La gente espera mucho de mí y de LangTel. No puedo permitir que lo que papá empezó sea menos de lo que él hubiera esperado.

Anna se guardó sus pensamientos. A Adam le estaba costando superar la muerte de su padre incluso más que a ella. Tal vez no se diera cuenta, pero ella estaba segura de que el hecho de que siguiera aferrándose a LangTel tenía más que ver con los recuerdos de su padre que con otra cosa. Los ojos se le llenaron de lágrimas al pensar en su padre, pero no se iba a permitir llorar. En aquellos momentos no.

–Puedo hacerlo. Pensaba que creías en mí.

–Y creo en ti, pero, francamente, no me has deslumbrado como pensé que lo harías.

–En ese caso, permítame que lo haga ahora. Tengo una idea para una adquisición. Se me ocurrió en la conferencia de Miami. Llevo toda la semana tratando de hablar contigo al respecto.

–No quiero pasarme toda la tarde hablando de negocios. Mándame los detalles en un correo electrónico y hablaremos sobre ello mañana.

–No. No haces más que darme largas. Además, estoy empezando a pensar que este es un tema que no debemos hablar en el despacho.

–¿Por qué no?

–Porque tiene que ver con Jacob Lin. Estoy interesada en una empresa llamada Sunny Side y él es el principal inversor.

Adam se quedó boquiabierto.

–Me importa un comino que Adam esté vendiendo el Empire State Building por un dólar. No vamos a hacer negocios con él. Fin de la conversación.

Anna no estaba dispuesta a ceder.

–Esa empresa fabrica micro paneles solares para teléfonos móviles, Estamos hablando de unos teléfonos que jamás tendrán que recargarse eléctricamente.

–Suena fenomenal –comentó Melanie desde detrás del escudo de la revista.

Adam sacudió la cabeza. Se mostraba tan testarudo como Anna se había imaginado que se pondría.

–No.

–Claro que suena fenomenal –afirmó Anna–. Estamos hablando de una revolución en nuestra industria. Imagínate las posibilidades. Todas las personas que alguna vez han tenido que andar de acá para allá en un aeropuerto buscando un lugar donde recargar el teléfono jamás verán razón alguna para comprar un teléfono que no sea el nuestro.

–Piensa en la seguridad. O en las posibilidades para lugares más remotos –añadió Melanie–. La publicidad sería enorme.

–Por no mencionar los beneficios –apostilló Anna.

Adam frunció el ceño.

–¿Estáis las dos compinchadas o algo así? Me importa un comino que Jacob haya invertido en un teléfono que haga la cena y la declaración de la renta. Él y yo tratamos de trabajar juntos en una ocasión y fue imposible. Ese hombre no sabe trabajar con otras personas.

La conversación que tuvo con Jacob seguía fresca en el pensamiento de Anna. Recordaba muy bien lo que había dicho sobre el final de su amistad con Adam. ¿Qué habría pasado si las cosas hubieran sido diferentes y hubieran seguido siendo amigos?

–Qué curioso… Él dice lo mismo sobre ti.

Adam se volvió para mirarla. Parecía querer asesinarla con la mirada.

–¿Has hablado con él sobre esto?

–En realidad, me reuní con él. Le dije que LangTel estaba interesada en Sunny Side.

–No me puedo creer que hayas sido capaz de hacer eso.

–Venga ya, Adam… Estaríamos dejando pasar una oportunidad de oro. Por el bien de LangTel, párate a pensarlo un momento sin tener en cuenta lo que ocurrió entre Adam y tú. Te darás cuenta de que tengo razón.

Adam se puso de pie.

—No puedo seguir escuchándote. Me voy a responder unos correos y a darme una ducha –anunció. Se inclinó sobre Melanie y le dio un beso en lo alto de la cabeza–. Buenas noches.

—¿Y eso es todo? –le preguntó Anna levantándose también de su asiento–. El todopoderoso Adam ha decretado lo que hay que hacer y yo tengo que aguantarme a pesar de que mi idea pudiera reportar miles de millones para esta empresa, una empresa que él no quiere ceder porque está tan preocupado con su éxito.

—Mira, yo digo lo que hay que hacer. Para eso soy el presidente.

Anna se sintió como si le hubieran dado un puñetazo en el estómago.

—Llevas recordándomelo desde el día en el que te hiciste cargo.

—Bien, porque no quiero volver a hablar al respecto. De igual manera, no quiero que vuelvas a hablar con Jacob Lin –le ordenó mientras echaba a andar hacia el pasillo. Entonces, se dio la vuelta y se volvió para mirarla de nuevo. Levantó un dedo en el aire–. De hecho, te lo prohíbo.

—¿Cómo has dicho? ¿Que me lo prohíbes? –repitió ella atónita.

—Sí, Anna. Te lo prohíbo. Tú eres mi empleada y te prohíbo hablar con él. Es un hombre muy peligroso y no confío en él. En absoluto.

Capítulo Tres

Jacob terminó la primera conversación que tenía con Adam Langford desde hacía seis años arrojando el teléfono móvil. ¿Cómo se atrevía a llamarle y a darle órdenes, exigiéndole que se mantuviera alejado de su hermana y que se metiera su empresa donde le cupiera?

Más que lo que Adam le había dicho era cómo se lo había dicho. Adam no era tan poderoso. Nunca lo había sido, aunque le gustaba comportarse como si lo fuera. Adam no podía controlarle, por eso la más ligera sugerencia de que podía decirle lo que tenía o no que hacer, le haría hervir la sangre. Le mostraría a Adam quién era él. Jacob siempre hacía lo que quería. Se acercaría a Anna todo lo que pudiera, tanto como ella se lo permitiera. Si Anna quería hacer negocios con él, los harían. Si quería volver a revivir aquel beso, lo revivirían también.

A cada paso que daba, más convencido estaba de que Adam necesitaba que le diera una lección de humildad. Así lo había pensado antes de que Anna entrara en la ecuación y, aunque ella no lo sabía, había provocado una reacción que le había hecho concentrarse más aún en su objetivo. Adam tenía que saber lo que se sentía cuando alguien destruía todo por lo que uno tanto había trabajado.

Eso era simplemente el lado de los negocios, pero había más deudas pendientes. Cuando Adam lo traicionó, había despreciado la amistad que ambos tenían como si no significara nada. Eso le había dejado un vacío ya familiar. Jacob se encontró sin su mejor amigo tal y como había vivido gran parte de su infancia y adolescencia, de un internado a otro sin tener tiempo suficiente para encajar.

Había sido un estudiante modélico, pero apenas tenía que esforzarse en sus estudios, lo que enojaba al resto de sus compañeros. Tenía mucho dinero, pero era un nuevo rico. Tuvo que aprender por las malas que había una diferencia. No tenía un noble linaje a sus espaldas. Su padre era muy poderoso, pero en el mundo de la banca asiática, no en los círculos de la alta sociedad occidental. Jacob estaba en territorio de nadie, con mucho dinero para recibir la mejor educación, notas académicas que le permitían entrar en los mejores colegios y nada en lo que centrarse más que en sus estudios, algo que no lo estimulaba en absoluto.

Desgraciadamente, su amistad con Anna se convirtió en un daño colateral cuando se estropeó su relación con Adam. Se sentía muy cómodo con ella, podían hablar sobre cualquier cosa, en especial de su infancia, que era algo que él no compartía muy fácilmente. Anna siempre le escuchaba.

La noche en la que ella le besó, Jacob se sintió sorprendido y encantado. Desde el momento en el que la conoció, no había podido pensar en otra cosa que no fuera besarla. Sin embargo, Anna le estaba vedada porque su amistad con Adam era demasiado valiosa. Por eso, había tenido que rechazarla. Había estado seguro de que su vínculo con Adam se haría así más fuerte, pero había sido un error.

¿Y si Anna y él cerraran el círculo tan solo por una

noche? Podrían retomarlo donde lo dejaron seis años atrás y, en aquella ocasión, Adam no estaría de por medio. Sería más que una satisfacción física. Una aventura con Anna sería otro ejemplo que demostraría a Adam el poco control que ejercía sobre ellos.

Jacob bajó el volumen de las pantallas de televisión que retransmitían las noticias financieras constantemente. Tomó el teléfono y llamó al fundador de Sunny Side. Estaba dispuesto a reunirse con Anna, pero prefería que lo hicieran en la zona en la que tanto Jacob como él vivían, a treinta minutos el uno del otro. Perfecto. Fuera del alcance de Adam.

Terminó la llamada y repasó sus contactos hasta que encontró el nombre de Anna. ¿Sería capaz de cruzar esa línea? Por supuesto. Negocios o placer. Sunny Side o sexo. Aceptaría lo que ella le dijera, pero no podrían llegar a ningún sitio hasta que él los pusiera en el camino correcto.

—Jacob, hola —dijo ella al responder. Su voz sonaba como un susurro.

Aquella voz tan suave sonaba como si se acabara de levantar y le provocaba una placentera sensación, una oleada de calidez. Tal vez era porque sabía que sus actos enfurecerían a Adam.

—Anna, ¿cómo estás hoy?

—Bien, ¿y tú?

—Estoy bien. Quería hablar contigo sobre Sunny Side. He hablado con Mark, el fundador, y a él le parece bien que los tres nos reunamos este fin de semana.

—¿De verdad? Eso sería fabuloso.

A Jacob le sorprendió que Anna no tuviera duda alguna. Sabía que ella había hablado con Adam y que él le había dejado muy claro lo que pensaba. Sin embargo, ella no parecía sentirse en absoluto intimidada, como si no quisiera plegarse en modo alguno a los deseos de su hermano. Una mujer fuerte.

—Ya veremos cómo salen las cosas. Si los dos habláis y no parece que sea una buena alianza, ahí se terminará todo. Sin embargo, no te imagino no llevándote bien con Mark. Dudo que pueda resistirse al encanto de Anna Langford.

Esto último era verdad, aunque no lo había dicho necesariamente como un flirteo. No obstante, Jacob sabía perfectamente que así era como había sonado.

—Siempre podría ponerle delante de la cara un buen montón de dinero —replicó ella.

—Viniendo de ti, yo diría que eso suena increíblemente sexy —dijo él. Se imaginó a Anna contando un montón de billetes de cien. Eso sería sexy. Muy sexy...

—Pues tendré que pasar por el banco.

El tono de voz de Anna le indicó que se había excedido con aquel comentario. Jacob se aclaró la garganta.

—Entonces, ¿te parece bien lo de la reunión?

—Por supuesto.

—Nos vamos a reunir en mi casa, en el norte de Nueva York. Mark se compró una casa a una media hora de la mía. No sé a ti, pero me vendría bien una escapadita.

—¿Una escapadita? ¿Tú y yo?

—Solo por una noche. Está demasiado lejos para ir tan solo para unas pocas horas o, al menos, eso es lo que me digo a mí mismo para obligarme a tomarme un descanso del trabajo.

—Ah, entiendo.

¿Por qué lo único que le había hecho dudar era marcharse con él? ¿Acaso pensaba que estaba tratando de seducirla? Jacob no quería que pensara que era así.

–Será como en los viejos tiempos. Si tienes suerte, podría incluso darte una paliza a las cartas.

–Tenemos que celebrar una reunión y hablar de números. Eso es lo verdaderamente importante.

Jacob suspiró. Tal vez era mejor que Anna estuviera tan decidida a centrarse en los negocios. Eso haría que a él le resultara más difícil tener otros pensamientos sobre Anna. Ya sería una prueba lo suficientemente dura estar con ella a solas en la misma casa.

–Por supuesto. Lo que necesites.

–Está bien. Ahí estaré. ¿Me alquilo un coche?

–Podemos ir juntos. Envíame tu dirección en un mensaje y te recogeré mañana temprano.

–Ah, de acuerdo. Genial. ¿Debería llevar algo especial?

–Tal vez el biquini…

En el momento en el que pronunció aquellas palabras, se dio cuenta de que había sido un comentario poco afortunado.

–No es lo que suelo ponerme para una reunión…

–Te aseguro que no hay nada como un chapuzón en el jacuzzi después de una dura negociación.

«Una escapadita. Con Jacob».

Anna apretó el botón para hacer bajar el ascensor hasta el vestíbulo de su edificio. Contuvo el aliento. Sintió un hormigueo en la piel al pensar en lo que estaba a punto de hacer y con quién iba a hacerlo. Estaba mal ir a hablar de un negocio que su hermano no aprobaba, pero estaba aún peor ir a hacerlo acompañada del hombre que Adam tanto despreciaba, el hombre de que le había advertido que se mantuviera alejada.

31

Anna se había pasado cada día de su vida haciendo lo que todo el mundo esperaba de ella y, ¿adónde le había llevado eso? A sentirse frustrada. No había recompensar alguna si no se arriesgaba. De eso estaba completamente segura.

¿Podría haber diseñado un plan más tentador para hacer que Adam se lamentara de haberla colocado en la posición en la que se encontraba? Seguramente no. Además, iba a estar junto al hombre por el que sentía una total debilidad. Era fuerte. O eso esperaba.

Después de hablar con Jacob el día anterior, la conversación sobre el traje de baño la había llevado rápidamente al salón de belleza para depilarse todo lo imaginable y hacerse también la manicura. Seguramente era una reacción ridícula, pero si Jacob iba a ver cómo se metía en su jacuzzi, haría que él al menos se lamentara de haberla rechazado.

Salió del ascensor y se dirigió hacia la puerta de cristal. Un todoterreno negro esperaba junto al bordillo. Jacob salió del vehículo con una sudadera negra, unos vaqueros y gafas oscuras. ¿Cómo era posible que estuviera aún más guapo que en Miami?

Anna salió por la puerta. En ese mismo instante, Jacob la vio y se detuvo en la acera con una hermosa sonrisa en los labios. Su magnetismo era innato. Se mesó el brillante cabello negro y se subió las gafas por la nariz. Aquella secuencia de acciones tan inocente la dejó a ella sin aliento.

–¿Lista? –le preguntó con voz profunda.

–Sí –respondió ella, prácticamente con un hilo de voz.

Jacob le agarró la bolsa y, durante un instante, los dedos de ambos se rozaron. El cuerpo de Anna reaccionó sin que ella pudiera evitarlo, a pesar de que no hacía más que recordarse que aquello no significaba nada.

A continuación, él abrió la puerta del copiloto y esperó a que ella se acomodara como el perfecto caballero que era.

–Me sorprende un poco que seas tú el que conduce. Me imaginé que vendrías a recogerme con un chófer –dijo ella mientras él colocaba la bolsa de viaje en el asiento trasero y se montaba en el coche por el lado del conductor.

Jacob sacudió la cabeza y arrancó el coche.

–Me imaginé que así tendríamos oportunidad de ponernos al día sin oídos curiosos.

–Claro…

–Confío en mi chófer, pero solo lleva conmigo unos meses y nunca se sabe. Me he llevado decepciones antes con la gente cuando me he enterado que hablan a mis espaldas. Así, una persona menos que sabe lo que estamos haciendo.

Anna asintió. ¿Y qué demonios era lo que estaban haciendo? ¿Tentar al destino? Sin duda. Si Adam se enteraba, se enfurecería. Explotaría en mil pedazos justo después de asegurarse de que Jacob y ella estaban dentro de la onda expansiva.

–Gracias. Te estoy muy agradecida.

–Mira, lo último que quiero es que tengas problemas con tu hermano. Tenemos razones legítimas para explorar esta aventura empresarial, pero tenemos que hacer números antes de que podamos empezar a tomárnoslo en serio. Si esta reunión no va bien, no pasa nada. Adam no se tiene que enterar de que ha tenido lugar.

–Me parece de lo más razonable.

Aquel viaje resultaba atractivo por razones prácticas, pero el hecho de llevar la corriente a su hermano también era tentador. Anna siempre era la niña buena, que hacía lo que se esperaba de ella. Por una vez, se apartaría del camino, aunque no le gustara engañar a nadie, y mucho menos a su familia.

Esto no cambiaba el hecho de que tenía que llamar la atención de Adam y hacerle ver que estaba más que preparada para hacerse cargo del puesto de presidenta. Jacob se había convertido en su llave para conseguirlo. Se preguntaba si la única motivación de Jacob era el dinero o si también deseaba hacerle ver a Adam que había cometido un error al terminar su relación laboral. Ciertamente parecía centrado en el aspecto comercial del asunto. El hecho de decirle que llevara el biquini se debía seguramente a una metedura de pata o al hecho de ser un buen anfitrión. Resultaba difícil imaginar otro motivo.

Sin embargo, una parte de su ser ansiaba que hubiera algo más. La noche que besó a Jacob llevaba ya varias noches imaginándose lo que podría ocurrir si estaban juntos, si él la acariciaba o incluso si compartía la cama con ella. Cuando él reaccionó rechazándola, Anna se sintió como si, de algún modo, le hubieran robado algo. Era una sensación difícil de explicar.

Miró a Jacob mientras conducía. Su perfil era tan atractivo… Podría haberse pasado horas allí, estudiando su fuerte mandíbula o la recta nariz, los hermosos labios o el cabello bien cuidado. Resultaría tan agradable deslizar los dedos por la línea que conducía desde la oreja a la barbilla, besarle de nuevo y ver si él quería explorar de nuevo lo que habían dejado sin terminar.

¿Y si tan solo había utilizado a Adam como excusa, como el modo de cubrir el hecho de que no tenía ningún interés en ella? Si Anna lo intentaba una segunda vez, podría ser sincero con ella. Sería devastador.

De repente, él se giró para mirarla. Anna se sobresaltó.

–¿Va todo bien?

–Sí, claro –respondió ella ahogando un suspiro–. Solo me estaba preguntando cuánto vamos a tardar en llegar.

–Cinco horas. Cuatro y media si el tráfico no es demasiado pesado –comentó. Entonces, extendió una mano y se la colocó sobre la pierna. La palma de la mano y los largos dedos le cubrían todo el muslo–. Relájate y disfruta del trayecto.

Anna se miró la pierna, el lugar donde él parecía haber dejado una marca indeleble de la palma de la mano que le abrasaba la piel. ¿Cinco horas a solas en un coche con Jacob? Cuando llegaran a su destino, estaría ardiendo.

Capítulo Cuatro

En los años transcurridos desde que se graduó en la facultad de Empresariales de Harvard, la única ocasión en la que Jacob había mezclado los negocios con el placer fue aquella, cuando se llevó a Anna a pasar el fin de semana. El tiempo transcurrido a solas con ella en el coche dejó muy claro rápidamente que estar con Anna complicaba mucho las cosas. Nada resultaba claro y evidente, y eso le ponía nervioso. Considerando el juego que tenía con las acciones de LangTel, acercarse a Anna resultaba muy peligroso. No estaba simplemente jugando con fuego. Era más bien como andar sobre la cuerda floja por encima de un volcán en erupción.

No obstante, el fuego resultaba tan tentador... El dulce aroma de Anna, el modo en el que se soltaba el cabello y se lo volvía a recoger en una cola de caballo cuando estaba pensando en algo... A Jacob le costaba mantener los ojos en la carretera. El jersey de cuello alto que llevaba lo estaba volviendo loco. Le resultaba imposible no tratar de recordar cuántas pecas tenía en el pecho. Y aquellos vaqueros... Cuando la ayudó a montarse en el coche como un caballero, se había aprendido cada curva, cada línea de su cuerpo.

Cuando por fin llegaron a su destino, se apartó de la carretera por el sendero que llevaba a la verja de hierro forjado de su finca. Allí, marcó el código de seguridad y abrió las puertas de su refugio, de un mundo que no se parecía en nada al que habían dejado atrás en Manhattan. Las hojas del otoño refulgían en un crisol de naranjas, marrones y dorados. Los árboles susurraban con la suave brisa, desprendiéndose suavemente de sus hojas. Algunas caían sobre el capó y el resto se deslizaban hasta caer sobre la grava del sendero.

La imponente mansión se irguió por fin ante ellos, rematando el círculo en el que el sendero se convertía al llegar a ella.

—Vaya —musitó ella—. Es preciosa, Jacob. Y enorme.

Por supuesto, Anna había estado en mansiones muy impresionantes, pero le gustaba la de Jacob. Un jardín perfecto, tablones de madera blanca cubriendo las torres de la casa, una amplia escalera que conducía a la puerta principal, que estaba flanqueada por ventanas de celosía… Jacob se sintió muy orgulloso. Le gustaba mucho haberla impresionado.

—La casa se construyó en los años veinte. Yo la rehabilité por completo cuando la compré hace tres años. Me pareció una buena inversión y quería tener un lugar al que escaparme. Algo cómodo.

Agarró las llaves y salió del coche, pero no llegó a tiempo para abrirle a Anna la puerta. Se limitó a ocuparse del equipaje.

—Parece que es demasiado grande para solo una persona —comentó Anna mientras subían la escalera hasta la puerta principal—. ¿Vienen tus padres con frecuencia a visitarte?

—Te sorprendería —replicó Jacob. Sabía que la familia era una parte integral de la vida de Anna. Probablemente le resultaba imposible imaginarse una existencia sin la familia a su alrededor.

—¿Significa eso que vienen mucho?

–No. No vienen mucho, sobre todo mi padre. Mi madre viene a pasar un fin de semana una vez al año, pero está deseando irse durante todo el tiempo que está aquí. Probablemente se lo ha pegado mi padre.

Anna se giró hacia él y frunció el ceño.

–¿Y no te sientes solo aquí?

Jacob estaba tan acostumbrado a estar solo que no le importaba en absoluto, pero sabía que la mayoría de la gente no vivía de ese modo, y mucho menos un Langford.

–Este fin de semana no lo estaré. Eso es lo único que importa en estos momentos.

Se reprendió mentalmente en el instante en el que las palabras le salieron de la boca. ¿Por qué había tenido que responder así, como si estuviera tratando de seducirla? Aquella faceta no formaba parte de su personalidad. Normalmente, se controlaba mucho más.

Anna se sonrojó con una hermosa tonalidad rosada.

–Una buena manera de pensar.

El deseo de enmarcarle el rostro con las manos y deslizarle el pulgar por las mejillas prendió dentro de él. Se metió las manos en los bolsillos para no hacerlo. No pensaba cruzar aquella línea. Necesitaba centrarse. Resultaba muy fácil imaginarse que se podría vengar de Adam seduciendo a su hermana. Sin embargo, cuando la recogió en su apartamento, tuvo muy claros dos puntos: en primer lugar, Anna era una mujer a la que apreciaba y, en segundo lugar, el camino a la intimidad no debía tomarse a la ligera. Un hombre inteligente insistiría en que el riesgo no compensaba la recompensa, aunque esta fuera tan hermosa.

Por lo tanto, se centraría en los negocios. Ignoraría a su cuerpo y se centraría en lo que le dictaba la cabeza.

Tenía muy claro lo que deseaba, Anna, pero ni siquiera podía imaginar lo que podría ocurrir si se le insinuaba. ¿Se mostraría ella tímida y apartaría la mirada o tendría el valor de mirarlo a los ojos y decirle lo que ella deseaba?

Jacob se aclaró la garganta.

—Permíteme que te muestre la casa.

Anna asintió y dejó que él le indicara el camino.

Anna había crecido entre riqueza y esplendor, pero la casa de Jacob era verdaderamente impresionante. Hermosos suelos de madera, una refinada mezcla de muebles modernos y antigüedades… Todo resultaba impecable y de la mejor calidad.

Regresaron al vestíbulo. Anna dio por sentado que iban a subir a la planta superior para ver los dormitorios, pero Jacob le entregó el abrigo.

—En el garaje tengo algo que quiero enseñarte.

—De acuerdo.

Salieron al exterior y pasaron por delante de la piscina y de las pistas de tenis. Más allá, había un edificio enorme. Una vez dentro, Jacob encendió las luces y estas fueron iluminando sucesivamente el enorme espacio. Anna se quedó boquiabierta ante lo que vio.

Había siete u ocho coches muy caros, todos negros, y al menos dos docenas de motos. El garaje estaba impecable y no había ni una mota de polvo ni de suciedad por ninguna parte. El cromo relucía. El aroma del aceite de motor impregnaba el aire, un aroma que Anna jamás hubiera pensado que pudiera resultarle tan atractivo.

—Vaya, Jacob… no sé qué decir… —observó mientras empezaba a caminar entre los vehículos–. Son increíbles.

Se detuvieron delante de una moto con el asiento de cuero marrón algo viejo, pero muy bien pulido.

–Es mi afición. Todos son vehículos clásicos. Ninguno es de antes de 1958. Algunos los he comprado a otros coleccionistas, pero la mayoría estaban destrozados cuando los compré. Me dieron mucho trabajo, pero me encanta.

–¿Estás diciendo que tú mismo has hecho las reparaciones?

–¿Tan difícil de creer te resulta?

–No sé... –dijo ella encogiéndose de hombros–. Simplemente me sorprende que sepas cómo hacerlo. Eso es todo.

Jacob soltó una carcajada.

–Al principio, el desafío era aprender a hacerlo, pero estaba muy motivado para aprender. Ahora, es simplemente que no confío en que lo haga nadie. Son mis posesiones más valiosas y eso significa que me ocupo personalmente de ellos.

–Bueno, son increíbles. Verdaderamente hermosos. Estoy muy impresionada.

Jacob se montó sobre una moto que había en el centro de la primera fila.

–Esta es mi favorita. Una Vincent Black Shadow. Una pieza de colección muy valiosa.

La motocicleta se movió varias veces de arriba abajo bajo el peso de Jacob. Sus manos agarraban el manillar de un modo que indicaba que él sabía perfectamente cómo cuidar de aquella máquina y también cómo montarla.

–Llévame a dar una vuelta –le pidió ella de repente.

—Hace mucho frío. Te congelarás.

—Sobreviviré.

—¿Has montado alguna vez en moto? —le preguntó Jacob con voz profunda y grave.

Nunca. Anna había vivido toda su vida en Manhattan. Montar en moto era la clase de actividad que sus padres nunca le habrían permitido y, ya de adulta, no había tenido oportunidad de hacerlo. En realidad, nunca había pensado lo sexy que podría resultar hasta que no se había encontrado frente a frente con una.

—No. Por eso quiero que me saques a dar un paseo.

Miró a Jacob a los ojos. La mirada de él era potente, como el haz de luz de un foco. Anna se ponía muy nerviosa cuando él la miraba así, como si pudiera moldear la vulnerabilidad de Anna en algo propio. Ella no tenía muchas debilidades, pero, ¿sabría Jacob que él era una de ellas? Aquella mirada le hacía pensar que sí.

—¿Sabes lo que dicen de esta moto en particular? —le preguntó él.

—Ni idea.

—Que si la montas a toda velocidad durante el tiempo suficiente, lo más probable es que mueras.

Anna se mordió el labio inferior. ¿Por qué estar junto a Jacob, el hombre con el que se suponía que no debía estar, le daba valor?

—No tengo miedo.

—¿Te das cuenta de que si alguna parte de tu ser resulta herida, tu hermano pedirá mi cabeza?

—¿Ahora vas a utilizar a Jacob como excusa?

Jacob se reclinó hacia atrás y acarició el cuerpo de la moto muy suavemente. Entonces, le dedicó una ligera sonrisa y Anna sintió que las rodillas le fallaban.

—Si lo pones así, creo que no me queda elección —anunció. Desmontó de la motocicleta y se dirigió a un armario que había en un rincón–. Vamos a buscarte un casco y una chaqueta.

Anna comenzó a arrepentirse. ¿Qué era lo que estaba haciendo? Había ido allí para una reunión, pero su cabeza le impulsaba a olvidarse del trabajo, de la reunión. ¿Quién podía rechazar un paseo en moto con un hombre tan guapo?

–Tenemos que regresar a tiempo para la reunión –dijo ella, como si el trabajo pudiera hacer parecer que todo aquello fuera sensato.

–Faltan dos horas. Tenemos mucho tiempo.

–Está bien.

Anna se acercó a él, deseando poder decir algo inteligente o sexy. Se sentía abrumada, igual que le ocurría cuando Jacob iba a su casa para pasar la Navidad con su familia.

Jacob se volvió y le ofreció una cazadora de cuero negro.

–Permíteme.

Anna se giró y se puso de espaldas a él. Se preparó para sentir su tacto y deslizó los brazos por la pesada prenda. Entonces, él le dio un suave golpecito en la espalda.

–Un poco grande, pero te servirá.

Las mangas eran muy rígidas. Anna tuvo que esforzarse mucho para poder doblar los brazos y abrocharse la cazadora. Era efectivamente demasiado grande para ella y le hacía sentirse como una niña con el abrigo de un adulto. Al darse la vuelta, lo vio a él con su propia cazadora. Maldita sea. Le sentaba como un guante y le daba un aire peligroso a su admirable físico.

Entonces, Jacob agarró un casco plateado, pero, en

vez de entregárselo a ella, le agarró la cola de caballo y se la soltó. El cabello le cayó por los hombros. Estaba lo suficientemente cerca como para besarla. Su boca estaba tan cerca y los labios resultaban tan tentadores… El momento se parecía mucho al instante en el que, seis años atrás, Anna le besó. Prácticamente estaban en la misma postura.

–Una de mis antiguas novias siempre se quejaba de que le dolía llevar la cola de caballo con el casco.

Aquel comentario arruinó el momento. ¿Por qué había tenido que mencionar a otras mujeres?

Anna asintió.

–Jamás se me habría ocurrido soltarme el pelo.

Jacob se abrochó la cazadora.

–Si quieres saber la verdad, es que el momento en el que una mujer se sacude el cabello después de montar en mi moto me resultaba particularmente sexy.

¿Acaso la estaba desafiando a hacerlo? Anna decidió que sacudiría la cabeza todo lo que pudiera. Tal vez no fuera una experta en seducción, pero eso sí que sería capaz de hacerlo.

–¿Lista? –le preguntó él mientras se dirigía a la moto y se sentaba en ella a horcajadas.

Apretó un botón del mando a distancia y una de las puertas del garaje se abrió. Jacob se puso el casco y las gafas de sol. Por último, un par de guantes de cuero negro.

–Sí –respondió ella.

Se acercó a la moto y, en aquel instante, comprendió que no era la idea del paseo lo que la ponía nerviosa, sino la idea de tocar a Jacob. Una vez más, tenía la excusa perfecta. Además, si aquello era lo más cerca que estaban todo el fin de semana, lograría sobrevivir.

Se puso el casco y se lo ajustó. Entonces, se agarró a los hombros de Jacob y se montó.

Él arrancó el motor. La máquina rugió debajo de ellos.

—Agárrate fuerte —le gritó.

Anna le rodeó la cintura con los brazos con mucho cuidado. No quería resultar tan evidente. Era mejor esperar a que la velocidad fuera mayor para agarrarse con más fuerza.

Jacob aceleró las revoluciones del motor, pero sin hacerla avanzar. El poder del motor hacía que el cuerpo de Anna temblara. De repente, la máquina dio un tirón y salieron disparados como un cohete. Volaban por la estrecha carretera comarcal, tomando cada vez más velocidad. Iban mucho más rápido de lo que habían ido en el coche, aunque tal vez solo lo parecía. Fuera como fuera, Anna se agarró a él con fuerza y encajó los muslos contra los de él. Los hombros se le tensaron, pero, al mismo tiempo, se sentía muy libre. Experimentó una extraña sensación. La alegría y la adrenalina se apoderaron de ella. El viento le azotaba la ropa, pero la cazadora impedía que pasara frío. La cazadora y Jacob.

El motor vibraba y rugía cada vez que él cambiaba de marcha. Jacob manejaba la moto como un maestro. Entonces, tomaron una curva. Anna se agarró a él con más fuerza al sentir que él se inclinaba hacia el suelo, desafiando las leyes de la gravedad. El modo en el que maniobró la moto en la peligrosa curva resultaba tan seductor… A Anna le encantaba ver cómo controlaba la situación. Un movimiento en falso y los dos caerían al suelo. Sin embargo, Jacob era infalible, invencible.

Siguieron durante varios kilómetros, recorriendo estrechas y serpenteantes carreteras. Atravesaron un pequeño pueblo, en el que la gente se reunía en un pequeño café o en el mercado, cubiertos con sombreros y bufandas. Sin embargo, Anna no tenía frío. Se sentía como si estuviera sentada delante de un fuego. El fuego de Jacob. Cuando regresaron de nuevo a la carretera, volvieron a tomar mucha velocidad. Aquel era su momento de triunfo, de ejercer como macho. Y tenía su derecho de reclamarlo.

No tardaron mucho en regresar a la casa, pero en aquella ocasión lo hicieron desde la dirección opuesta. Entraron en el sendero de grava y Jacob dirigió la moto hacia el garaje.

Anna trató de recuperar el aliento. La adrenalina se había apoderado de ella. Se soltó de la cintura de Jacob, pero la cazadora pesaba tanto que los brazos se le cayeron como si no le respondieran. Entre las piernas de él. Rápidamente las apartó como si hubiera tocado una parrilla ardiendo. En cierto modo, eso era exactamente lo que había hecho. Se agarró a los hombros para poder bajar de la moto, presa de la vergüenza. Se imaginaba lo que él debía de estar pensando. ¿Se estaría preguntando si ella había intentado iniciar algo con aquel torpe gesto? Porque eso era precisamente lo que ella misma se estaba preguntando.

Capítulo Cinco

La compostura ya no era posible. Jacob se agarró al manillar de la moto con fuerza, pero solo para no hacer movimiento alguno. Las manos esbeltas y femeninas de Anna acababan de despertar los sentimientos más primarios en su vientre. Los brazos de Anna le rodeaban la cintura y se apretaban un poco más contra el estómago cuando él iba más rápido. Los muslos se encajaban con los de él, apretándose contra su cuerpo cada vez que tomaba una curva. Además, estaban los sonidos que ella hacía, chillidos ahogados y gritos de excitación. ¿Cómo se suponía que un hombre podía soportar todo aquello?

Entonces, le rozó la entrepierna.

Cerró los ojos para tratar de tranquilizarse, pero la realidad era que la deseaba y que estaba casi del todo seguro que ella lo deseaba a él. ¿Era aquel roce en la entrepierna el modo de hacérselo saber? No parecía muy propio de Anna, dado que ella era mucho más sutil y recatada, pero, últimamente, parecía estar tratando de superar sus límites, tanto con su hermano como con su carrera. ¿Estaría poniéndole a prueba también a él? Tenía que descubrirlo. Cada gota de sangre que le circulaba por debajo de la cintura le impedía dejar sin respuesta aquella pregunta.

Se atrevió a abrir los ojos y vio que ella ya se había quitado el casco. Se había perdido el momento en el que se lo quitó, pero el resultado merecía la pena. Tenía el cabello revuelto y alborotado, no tan peinado y brillante como siempre. Le gustaba. Le gustaba mucho. Se podía imaginar perfectamente aquella melena oscura sobre las sábanas blancas de su cama. Tenía las mejillas sonrojadas, seguramente que por la emoción del paseo y, esperaba, por el hecho de estar uno junto al otro.

Se aclaró la garganta y se bajó de la motocicleta. Tenía que decidir cómo se iba a acercar al armario junto al que ella estaba como si no pasara nada. Desgraciadamente, los vaqueros que llevaba eran demasiado ajustados. Utilizó el casco para protegerse.

—Ha sido muy divertido. Gracias —dijo Anna rompiendo el silencio.

Jacob no estaba de humor para seguir evitando lo que ocurría. Nada de respuestas corteses.

—¿Acaso no es eso lo que hace un hombre? —replicó mientras se quitaba la cazadora y la dejaba en el armario.

—¿A qué te refieres? —le preguntó Anna despojándose también de la pesada cazadora.

—A tratar de impresionar a una mujer —contestó él. Dejó el casco en la estantería y se volvió para mirarla.

Ella levantó una ceja. Los cálidos ojos castaños parecían echar chispas.

—¿Es eso lo que ha sido? —quiso saber. Dejó los labios separados al terminar la pregunta.

—Sí —admitió él. Examinó el rostro de Anna buscando una indicación más, algo que le confirmara que era buena idea hacer lo que tanto deseaba.

—Pues si eso es lo que haces para impresionar, lo puedes hacer todas las veces que quieras —dijo ella.

Allí estaba la indicación que buscaba. Jacob respiró profundamente y borró la distancia que los separaba. Le agarró el cuello con ambas manos y le enredó los dedos en el cabello que tenía en la nuca. Entonces, la animó a levantar los labios hacia los de él, recogiendo lo que tanto deseaba con un tierno e insistente beso. Los labios de Anna eran mucho más dulces de lo que recordaba, como si fueran un postre que anima a lamer la cuchara una y otra vez, ansiando un poco más.

–Dime que pare… –susurró sin soltarla. El pulgar le acariciaba la delicada piel de debajo de las orejas.

–¿Cómo dices? –repuso ella. Tenía los ojos entreabiertos y la respiración entrecortada.

–Dime que quieres que pare…

El corazón de Jacob parecía estar desbocado. Una parte de su ser deseaba que ella dijera que lo deseaba, pero otra sabía que sería mucho más fácil para ambos si ella se negaba a seguir en aquel mismo instante. Estar así con Anna, deseándola tan desesperadamente, sería como echar combustible al fuego, un fuego que llevaba ya ardiendo demasiado tiempo.

–Dime que no quieres que te bese.

–No puedo…

Al oír aquellas palabras, Jacob sintió que el corazón se le salía del pecho.

–¿Estás segura?

–No puedo decirte que te pares porque no quiero que lo hagas.

El alivio se apoderó de él. Le agarró el codo suavemente y le deslizó la mano por el brazo hasta llegar a la palma de la de ella.

–Me alegro, porque no creo que pueda…

Entonces, le rodeó la cintura con las manos. Anna

se puso de puntillas y le colocó las manos sobre los hombros. Jacob ni siquiera tuvo que besarla. De eso ya se encargó ella. Era como si le hubiera dicho que ganaría un millón de dólares por cada segundo que estuvieran sin respirar. Las lenguas se entrelazaban. Las narices se topaban la una con la otra cuando cambiaban de postura. Anna se había pegado completamente a él y Jacob respondió bajándole la mano al trasero y animarla a que se uniera todo lo que pudiera a él.

La puerta de metal del armario protestó contra el marco cuando Anna empujó a Jacob contra ella. Jacob aún estaba tratando de comprender lo que estaba ocurriendo y tratando de no pensar en lo que parecía que iba a ocurrir. ¿Sería su primera vez en el garaje? ¿Dónde? ¿En el suelo? ¿En un banco?

Decidió que quería fuera mucho mejor que eso. Si solo iban a tener una noche, un fin de semana, quería que los dos lo recordaran.

El fuego de Anna era incontenible. Le enganchó una pierna sobre la cadera como si supiera exactamente lo que deseaba. O tenía más experiencia de lo que Jacob pensaba o se estaba dejando llevar por el puro entusiasmo. Él esperaba que fuera lo segundo, que fuera así solo con él, y no por experiencia con otro hombre.

–¿Tienes idea de cuánto tiempo llevo soñando que esto ocurra? –le preguntó Anna con la voz llena de dulce desesperación.

Jacob se detuvo en seco. ¿Soñando? Aquello significaba mucho más para ella de lo que había imaginado. Si iban a hacer el amor, no podía ser en el suelo o en un banco. Tenían que hacerlo bien.

–Créeme si te digo que he pensado en ese beso unas cuantas veces a lo largo de los años.

–¿Solo unas cuantas?

Jacob no podía decirle que había sido mucho más porque complicaría aún más las cosas. Ya había demasiados sentimientos peligrosos entre los Langford y él, sobre todo uno en particular.

–No hablemos más del pasado. Estoy cansado de ello.

–Yo no quiero hablar…

Jacob vio el reloj sobre la pared. No podía ser…

–Anna, nuestra reunión es dentro de diez minutos.

–¿De verdad?

Anna suspiró, bajó la cabeza y la sacudió. Entonces, dejó escapar un adorable gruñido.

–Está bien. Creo que ha llegado el momento de que nos pongamos a trabajar.

Y eso que Anna había decidido que aquel viaje tendría que ver tan solo con el trabajo… Había mostrado tan poca contención como un bebé en una juguetería cuando Jacob la besó. No se podía creer que lo hubiera empujado contra la puerta del armario.

Efectivamente, llevaba mucho tiempo esperando a Jacob, pero tenían trabajo que hacer. Se sentó y sonrió cortésmente mientras que Jacob y Mark tomaban también asiento en el salón de la casa de Jacob. El fuego ardía en la chimenea y el sol de la tarde teñía de oro las ventanas. Jacob tenía el brazo extendido por el respaldo del sofá, con las piernas cruzadas. Reía por algo que le había dicho Mark. Entonces, miró a Anna. En aquel momento, ella sintió que algo comenzaba a vibrar en su interior. Jacob quería que ella supiera que la deseaba e, igualmente, que él la deseaba a ella.

El cuerpo se le caldeó como si el fuego hubiera prendido fuego en ella. Primero una chispa en el centro del pecho. Luego las llamas extendiéndosele por el pecho y el vientre hasta que al final la hoguera era total y le caldeaba el rostro y las puntas de los pies. Aquel beso había resultado más gratificante que ningún encuentro que hubiera tenido con un nombre en muchos años. ¿Y si ocurría algo más? ¿Y si empezaban a despojarse de las ropas? Podría ser incluso que se desmayara.

–Bien, Mark –empezó Jacob–, me encantaría que le explicaras a Anna cómo ves tú el futuro de Sunny Side. Creo que sería un buen comienzo para que luego podamos analizar si una asociación con una empresa como LangTel podría ser beneficiosa.

Mark se removió en su asiento y se acarició la barba hípster. Entonces, asintió y comenzó a hablar de Sunny Side. Anna le escuchaba atentamente mientras tomaba notas sobre proyecciones y planes para productos futuros, ideas que tenía para el lanzamiento de la tecnología, las integraciones de productos y las aplicaciones. Adam era un necio por permitir que sus rencillas con Jacob se interpusieran en aquel acuerdo. Eso evidenciaba a las claras lo mucho que odiaba al hombre al que ella acababa de besar con abandono en el garaje.

–Anna, ¿tienes alguna pregunta para Mark?

–No –respondió ella. Tenía que olvidarse de lo ocurrido y centrarse–. He tenido oportunidad de mirar estos números y, si tus proyecciones son ciertas, yo diría que Sunny Side puede más o menos escribir su propio destino. En ese caso, la verdadera pregunta es cómo hacemos que eso funcione dentro de la estructura de LangTel.

Mark se inclinó hacia delante y apoyó los codos en las rodillas.

—Mire, señorita Langford…

—Te ruego que me llames Anna.

—Está bien, Anna. Tienes que comprender que dirijo una empresa que cuenta con dos docenas de empleados. Nuestro producto ha salido adelante porque somos un grupo muy unido. La cultura de empresa es muy importante para nosotros. Mi preocupación es que un gigante como LangTel nos engullirá o nos desmantelará hasta que no quede nada.

—Deja que te asegure que no tenemos interés alguno en desmantelar tu empresa. La dinámica de tu equipo es crucial para tu éxito. Y nosotros la mantendremos intacta.

—¿Cómo puedes hacer esa clase de promesas? ¿No es tu hermano el presidente? He oído que puede ser implacable.

—En realidad, la manera de pensar de Adam en lo referente a los negocios es muy parecida a la tuya. Él empezó dos empresas muy innovadoras que tuvieron mucho éxito desde la nada…

Anna se detuvo en seco. Recordó que una de ellas era la que Adam y Jacob habían creado juntos, la fuente del problema que lo había estropeado todo. Sintió que el alma se le caía a los pies. ¿Qué pensaría Jacob de lo que acababa de decir? Tenía que intentar arreglarlo.

—En realidad, al final no importa si la empresa es grande o pequeña. Todo el mundo quiere retener la dinámica que la ha llevado hasta el éxito. Nadie quiere ver que otro entra y desmantela lo que se ha creado con tanto trabajo.

Sacar a colación la historia de Jacob con Adam había sido un error. Él mismo lo había dicho en el garaje. Lo último sobre lo que quería hablar era del pasado.

Capítulo Seis

Jacob y Anna se despidieron de Mark mientras este se dirigía hacia su coche. El fresco aire de la noche se filtraba en el vestíbulo, por lo que Jacob cerró rápidamente la puerta. Los dos se quedaron solos.

—¿Y bien? ¿Qué te ha parecido Mark? —le preguntó Jacob. Entonces, se inclinó para recoger una hoja que había entrado volando en la casa.

Anna contuvo un suspiro al contemplar el trasero de él. Los vaqueros le sentaban tan bien…

—Me ha caído muy bien —contestó ella—. parecía abierto a algunas de las cosas que le sugerí, lo que es buena señal.

—Sí, lo es —afirmó Jacob. Estaba sujetando la hoja por el tallo, como si no supiera lo que hacer con ella.

—Así es.

El aire estaba cargado de anticipación. Los dos sabían lo que iba a ocurrir. Entonces, vio que Jacob cerraba la puerta con llave.

—¿Tienes frío? —le preguntó. La estaba mirando muy fijamente…

Por fin se tocaban. Anna tenía la respiración acelerada y él corazón desbocado. A partir de aquel momento comenzaba el deshielo…

—Un poco, pero estoy bien.

—Te pones tan mona cuando desvías la conversación…

—¿A qué te refieres? —preguntó ella perpleja.

—Eres capaz de hacer lo que sea por apartar la atención de ti.

Anna torció los labios y trató de no fijar la atención en los de él. En el sabor, el tacto, en el recuerdo de lo que habían compartido cuando besaron los de ella. ¿Por qué no volvía a besarla? ¿Iba a esperar hasta que ella tomara la iniciativa?

—Si lo hago, no me doy cuenta. Debe de ser mi personalidad.

Anna deseó que se le hubiera ocurrido una respuesta más descarada a aquella pregunta, pero no fue así.

—Me resulta muy interesante. Tu hermano es justamente lo contrario.

Anna estaba segura de una cosa. Si Jacob no la besaba en los próximos dos segundos, explotaría como una granada sin seguro.

—Dejemos a Adam fuera de todo esto. De hecho, finjamos que ni siquiera existe.

—¿Estás flirteando conmigo describiéndome mi mundo ideal? —le preguntó Adam mientras la miraba fijamente. Parecía estar disfrutando con cada instante del juego que se traían entre manos.

Anna sintió que la boca se le quedaba seca. El beso del garaje no había podido aplacar una sed que duraba ya seis años, sino que le había dejado deseando más.

—¿Y si fuera así? —le preguntó ella. Se puso de puntillas y le agarró los hombros para sostenerse—. ¿Y si hiciera esto?

Cerró los ojos y fue a por todas. Unió sus labios con los de él en un beso que le hizo sentirse como si ya no estuviera de pie. Hubo un instante de duda por parte de Jacob antes de que profundizara el beso. Cada célula del cuerpo de Anna celebró lo ocurrido en un coro de alivio y alegría. Le hundió los dedos en el cabello. Los labios de Jacob, suaves y cálidos, se volvieron más ansiosos. Buscaban la mandíbula y el cuello de Anna. Entonces, la abrazó con fuera y la estrechó contra su cuerpo de tal manera que estuvo a punto de levantarla del suelo.

Poco a poco, deslizó la mano por debajo del jersey, indicándole que deseaba que ella se despojara de la ropa. Se peleó con el broche del sujetador durante unos segundos, lo que resultó adorable. Resultaba agradable saber que él no podía conseguir que todo el universo se acoplara a su voluntad.

—Déjame —musitó ella.

Se sacó el jersey por la cabeza y luego se lo colocó delante del pecho, aferrándose a él.

—Ya se ha marchado todo el mundo, ¿no?

Jacob soltó una carcajada. Entonces, le quitó el jersey de las manos y lo dejó sobre una butaca que había en el vestíbulo.

—Sí —susurró. Deslizó un dedo por debajo de uno de los tirantes del sujetador y se lo retiró del hombro—. Ya estamos tú y yo solos en esta casa tan enorme...

Aquellas palabras no solo le pusieron a Anna el vello de punta. Provocaron que se mordiera el labio. Si iba a ocurrir, sería bueno. Se llevó las manos a la espalda y se desabrochó el sujetador, pero se lo dejó puesto para que él se lo quitara.

—Dime que quieres que pare...

—Dime que quieres que pare... —susurró él mientras le besaba el cuello delicadamente, en el lugar más sensible, el que le hacía gritar de placer.

—Nada de parar. Por favor, nada de parar...

Jacob no apartó la mirada de ella mientras le retiraba el otro tirante del hombro. Entonces, delicadamente, retiró la prenda y se la bajó por los brazos.

–Eres demasiado hermosa como para que no tengas exactamente lo que deseas. Dime qué es lo que deseas.

Le agarró el torso con ambas manos y comenzó a acariciarle suavemente la parte inferior de los senos. Entonces, bajó la cabeza y le dio un suave lametón a uno de los pezones.

El gemido que ella lanzó desde la profundidad de la garganta resonó como la liberación completa después de la frustración. Jacob repitió el gesto y ella lo miró. Le encantaba ver cómo él admiraba su cuerpo y cómo él también se excitaba.

–Te deseo. Ahora mismo.

–Vayamos arriba –musitó él.

Antes de que Anna supiera lo que él estaba haciendo, Jacob la levantó entre sus brazos. Se sintió minúscula, como si no pesara más que una pluma. Él comenzó a subir las escaleras. Anna se aferró a él, desesperada por volver a besarle.

El trayecto hasta el dormitorio pareció durar una eternidad. Ninguno de los dos dijo nada. La pesada respiración de ambos era la única conversación. Por fin llegaron a su destino. Se trataba de una enorme habitación, con techos abovedados y enormes ventanales con vistas al jardín. Jacob la colocó suavemente sobre la cama con dosel y sonrió.

Entonces, se quitó su propio jersey. La suave luz de la tarde iluminó los increíbles contornos de sus tórax y de sus abdominales. Eran tan suaves... Su piel estaba libre de vello a excepción de una delgada línea que se perdía en el ombligo. Tenía unos hombros más hermosos de lo que hubiera podido sugerir nunca ninguna prenda de ropa. Ni siquiera la cazadora de cuero les hacía justicia. Eran cuadrados, anchos y parecían reclamar las caricias de Anna.

Ella se sentó sobre la cama y colocó las manos sobre el firme torso. La piel le caldeó las palmas de la mano. Así, tal y como estaba con los brazos extendidos, Jacob le cubrió los senos con las manos. Solo el deseo de sentir sus labios de nuevo le impidió a Anna gemir de placer. Como si él hubiera comprendido lo que tanto deseaba, le dedicó un largo y profundo beso, apasionado y húmedo. Magnífico.

Anna se moría de curiosidad por ver cómo era el resto de su cuerpo. Le desabrochó los pantalones y se los bajó. Entonces, metió los dedos por la cinturilla de los calzoncillos y se los bajó también. Jacob volvió a besarla mientras que ella le agarraba su masculinidad con una mano, gozando con el gemido de placer que él exhaló por la boca.

Jacob la animó a tumbarse y comenzó a besarle el vientre. Anna observó cómo él le desabrochaba los vaqueros y se los quitaba. Entonces, fue testigo de que la observaba cómo si estuviera en trance. El cuerpo se le tensó de deseo y anticipación.

—Tócame, Jacob… Por favor…

Él le bajó las braguitas y la miró a los ojos cuando comenzó a acariciarle la entrepierna. Anna se aferró a él mientras los movimientos de los dedos le daban placer. Resultaba tan agradable estar a su merced, sentirse deseada… El dolor del pasado se esfumó. Sus miradas se cruzaron y fue como si ella pudiera ver mucho más de él, partes que él ocultaba, las debilidades que había oscurecido.

El deseo era cada vez mayor. Anna estaba a punto de llegar a lo más alto.

–Hazme el amor –le dijo…

¿Cuántas veces se lo había imaginado? Seguramente cientos, pero ninguna se había acercado a la realidad.

Jacob le dio en el vientre suaves besos mientras le agarraba con firmeza la cintura. Entonces, se irguió, abrió un cajón y sacó un preservativo. Lo desenvolvió y se lo entregó a ella.

Jacob se estiró junto a ella. Era el hombre más espectacular que había visto nunca. Fuerte y musculado, pero a la vez elegante y esbelto. Él dejó caer la cabeza hacia atrás cuando ella le rodeó el miembro con los dedos y le colocó el preservativo. Cuando volvió a mirarla, pareció como si quisiera consumirla en cuerpo y en alma.

Anna arqueó la espalda y le acogió en su cuerpo cuando él la penetró lenta y cuidadosamente, con una delicadeza que ella jamás había esperado. Su mente era un remolino de pensamientos y sensaciones. Se había imaginado que él sería maravilloso, pero no hasta aquel punto. Jamás podría haberse preparado para lo que sintió.

Jacob comenzó a mover las caderas cuando el cuerpo de Anna se reunió con el suyo. Así, acrecentó la presión en el vientre de ella rápidamente. Anna comenzó a gemir mientras se aferraba desesperadamente a la musculosa espalda de Jacob, acariciándosela hasta el glorioso trasero. Los besos de él eran profundos y largos, rivalizando con el satisfactorio y firme movimiento de sus cuerpos. Anna le rodeó la cintura con los tobillos para obligarlo a pegarse más a ella. Más profundamente.

Entonces, le besó. Quería estar unida a él de todas las maneras posibles. Todo en su interior comenzó a tensarse mientras recordaba imágenes del paseo en moto, del primer beso, del momento en el que la miró en el vestíbulo y ella supo, sin duda alguna, que la deseaba. Estaba a punto de dejarse ir, de olvidarse de todo, incluso del pasado, y de sucumbir al gozo que tanto tiempo llevaba esperando.

Anna estaba muy cerca. Jacob lo sentía en cada movimiento de su cuerpo. Estaba luchando para contenerse, pero no era fácil. Concentrarse en el hermoso rostro de Anna era el único modo de hacerlo. Una hermosa distracción de la energía que le surgía en el vientre.

La respiración de ella se volvió frenética. Todos los sonidos que emitían eran dulces y sensuales, pero estuvo a punto de hacerle perder la cabeza cuando pronunció su nombre, se aferró a él y le clavó las uñas en la piel. Entonces, se tensó y se aferró a él como si no tuviera intención de dejarle escapar nunca.

La tensión se apoderó de Jacob y el instinto se hizo cargo de la situación. Una sonrisa de gozo apareció en el rostro de Anna. Los movimientos eran largos y firmes en una ocasión, para convertirse en rápidos en la siguiente. La presión amenazaba con hacerles estallar a ambos. Anna se movía con fuerza debajo de él hasta que, por fin, el cuerpo de Jacob se entregó al placer. Se apoderó de él como si fuera un tren descarrilando.

–No… –susurró. Se quedó inmóvil encima de Anna. Nunca antes le había ocurrido, pero no resultaba difícil imaginar qué era lo que había pasado. Lo había sentido–. El preservativo se ha roto. No te muevas.

Anna le sujetó con las piernas aún con más fuerza.

–No. Sigue moviéndote. Es tan bueno… –ronroneó

ella. No parecía en absoluto preocupada por lo que a él le había hecho sentir pánico.

—Anna, se ha roto. El preservativo. Y me he corrido. ¿Es que no lo has notado? —le preguntó él. Empezó a levantarse muy lentamente.

—Oh —musitó ella—. No, no me he dado cuenta.

—Sí. Es un problema —dijo Jacob. Se dirigió rápidamente al cuarto de baño para lavarse—. Es un verdadero problema —añadió mientras se quitaba el preservativo y se lavaba las manos.

Una cosa era querer vengarse de Adam llevándose a su hermana a la cama y otra muy diferente dejarla embarazada. ¿Un bebé? Ni hablar. Él era el último hombre del planeta que debía convertirse en padre.

Se puso los calzoncillos y regresó al dormitorio. Era capaz de distinguir las hermosas curvas de Anna incluso en la oscuridad. Ella se había colocado bajo las sábanas, tumbada sobre el vientre y golpeando suavemente el lado de la cama que quedaba libre.

—Te he echado de menos…

Jacob parpadeó varias veces. Se sentía confuso.

—Solo he estado en el cuarto de baño dos minutos. ¿No estás preocupada? Podría ser que tú y yo acabemos de engendrar un bebé.

Ella negó con la cabeza y miró a Jacob mientras se tumbaba a su lado.

—Estoy casi segura de que no ha sido así. No te preocupes por ello.

—¿Me podrías explicar por qué?

—¿No te vale solo con mi palabra?

—¿Estás tomando la píldora? En ese caso, ¿por qué me dejaste que utilizara un preservativo?

Anna suspiró y ocultó el rostro contra la almohada.

Jacob se tumbó de costado y le colocó la mano en la espalda. ¿Es que ella no comprendía lo importante que podría ser?

–Anna, dime lo que está pasando. ¿Quieres hacer el favor de hablar conmigo?

Anna por fin levantó el rostro para mirarlo.

–No me puedo quedar embarazada.

–¿Qué?

–O, al menos, hasta que me arreglen un poco las tuberías.

–Lo siento, pero no te entiendo.

Anna se dio la vuelta y se sentó en la cama tras taparse el torso con la sábana. A Jacob no le gustaba el hecho de que algo que él hubiera dicho la empujara a taparse, pero tenía que saber de qué era de lo que ella estaba hablando.

–Un médico especialista en fertilidad me dijo que no puedo concebir. Había ido a hablar con él sobre inseminación artificial.

–Tienes veintiocho años. ¿Por qué se te ocurrió hacer algo así?

Anna se mostró muy avergonzada, lo que empujó a Jacob a acercarse más a ella.

–Perder a mi padre me hizo pensar en tener un hijo. En lo mucho que lo deseo en mi vida algún día.

–Entiendo –dijo él. Resultaba difícil imaginarse que alguien pudiera sentir así, pero le ocurría a mucha gente. De hecho, a la mayoría.

–En lo único en lo que podía pensar era en que no podía encontrar al hombre correcto. Ser ejecutiva es muy duro. La mayoría de los hombres interponen su ego.

Jacob se preguntó con qué clase de hombres había ella salido, pero no quiso preguntarlo.

–No lo había pensado…

–Yo nunca había pensado seriamente en tener un hijo, pero el fallecimiento de mi padre me indicó lo importante que mi familia es para mí. Toda mi vida gira en torno a ellos. Adam y Melanie se están construyendo un futuro juntos y… Menuda conversación que estamos teniendo. Lo siento.

A Jacob no le gustaba verla disgustada. Trató de imaginarse contándole a ella algo tan personal, algo que pudiera dejarle tan vulnerable como ella se sentía. Tenía que admitir que Anna tenía mucho valor al ser tan abierta sobre lo que sentía.

–No pasa nada. Deberías contármelo. Si quieres.

–¿De verdad? ¿Por qué?

Jacob le agarró la mano. No fue un gesto romántico, pero el deseo que tenía de reconfortarla era muy fuerte.

–Porque me preocupo por ti.

Anna le explicó que el médico le había hablado de los tejidos que recubrían sus órganos y de la cirugía. Le contó lo mucho que afectaba todo ello a su capacidad para quedarse embarazada. Jacob la escuchó atentamente, entristecido por lo que ella había tenido que pasar. Evidentemente, tenía muchos deseos de ser madre.

–¿Y qué te dijo tu madre?

–No se lo he contado. De hecho, no se lo he contado a nadie.

Si Anna no se lo había contado a nadie, eso significaba que él era el primero. El peso de aquella confesión no era fácil de soportar. Allí estaba Anna, en su cama, después de hacer el amor, confesándole lo más íntimo de su ser. Nunca antes había albergado dudas sobre una decisión empresarial, pero aquel secreto le suponía un peso insoportable. Estaba tratando de organizar la absorción de la empresa familiar de Anna y ella no lo sabía. ¿Y si todo salía a la luz? Anna jamás le perdonaría. ¿Y por qué iba a hacerlo?

—¿Y por qué no le has contado a nadie lo que te dijo el médico?

—No estaba segura de poder hacerlo sin echarme a llorar.

Jacob se alegraba de que ella no hubiera llorado. No sabía qué hacer cuando una mujer lloraba. Nunca sabía qué hacer ni qué decir.

—Sin embargo, el médico dijo que se puede arreglar, ¿no? ¿Con una operación?

—Sí, pero yo quería que algo fuera bien, que fuera fácil. Durante este último año, todo ha sido una pesadilla. Se suponía que era mi manera de aspirar a un futuro mejor. Supongo que me sentí derrotada.

—Entonces, eso significa que no acabamos de hacer un bebé.

—No. No hemos hecho ningún bebé.

El alivio se apoderó de él. No había bebé. Menos mal. La situación ya estaba lo suficientemente liada. En aquellos momentos, él tendría que enfrentarse al conflicto interno que le suponían los planes de absorción de LangTel. Siempre se le había dado muy bien mantener separados los negocios del placer, pero en aquellos momentos había dejado que se enredaran más de lo aconsejable.

—¿Te sientes mejor ahora? —le preguntó ella—. Durante un minuto, el pánico se apoderó de ti.

Jacob lanzó una suave carcajada.

—Estoy bien, pero me gustaría que me lo hubieras dicho antes. Nos habríamos olvidado del preservativo desde el principio. Yo no tengo ninguna enfermedad.

Me hago pruebas todos los años. Además, nunca he dejado de utilizar preservativo, así que sería imposible.

–¿Nunca has sentido lo que se siente al hacerlo sin uno?

–No. Nunca. No creo que sea tan diferente, ¿verdad?

Una pícara sonrisa iluminó el rosto de Anna. Resultaba tan sexy… Se acercó de nuevo a él hasta que los muslos de ambos se rozaron. Entonces, ella lo besó provocándole intensas vibraciones por todo el cuerpo, en especial en las partes de las que habían estado hablando. Ella le tomó la mano y entrelazó los dedos con los suyos.

–Yo he oído que es muy diferente…

–¿De verdad? –le preguntó él entre besos. Su cuerpo ya estaba preparado para averiguarlo.

Anna se colocó encima de él, a horcajadas.

–¿Por qué no ponemos a prueba la teoría?

Capítulo Siete

Jacob se terminó su tercera taza de café. Dos era su límite, pero no había dormido. Le resultaba difícil con una mujer en su cama. Una parte se debía a la distracción sexual, pero había algo más. Algo que no le permitía relajarse lo suficiente como para ceder al sueño.

Dejó la taza en el fregadero y se dirigió al vestíbulo, donde Anna le estaba esperando.

—Estaré listo para marcharme dentro de un minuto. Tengo que ocuparme de algo en el garaje.

—Está bien —replicó Anna sonriendo débilmente.

La situación resultaba algo incómoda entre ellos en la mañana del día siguiente. ¿Cómo no iba a ser así? Habían cruzado una línea que no deberían haber cruzado por mucho que ambos lo desearan.

Jacob salió corriendo por la puerta y se dirigió al garaje. Había deliberado si debería esperar para hacer aquella llamada de teléfono hasta que llegaran a Manhattan, pero había decidido que debía hacerla en aquel instante. No se podía sentar en el coche con Anna durante cinco horas sintiéndose aún peor por aquel secreto. Necesitaba intimidad absoluta y no podía echar a Anna de la casa. Por eso, su opción era el garaje.

Tenía que hacer algo para aliviar su conciencia. ¿Podría realizar la absorción de LangTel después de lo ocurrido? No. Ni siquiera aunque lo que había entre ellos no hubiera ido más allá. El hombre con el instinto asesino para los negocios raramente cambiaba de opinión y nunca deshacía lo hecho, pero estaba completamente seguro de lo que había que hacer. No podía hacerle daño a Anna después de lo que habían compartido.

Entró en el garaje y cerró la puerta. Sacó rápidamente el teléfono móvil para llamar a Andre, su mayor aliado en War Chest. Tenía que terminar la campaña contra LangTel. Sus socios eran astutos y escépticos, por lo que querrían saber qué era lo que había ocurrido, pero, evidentemente, Jacob no les podía decir la verdadera razón. No podía decirles que había seducido a una mujer que, a su vez, lo había seducido por completo a él.

—Jacob, ¿qué ocurre? —le preguntó Andre—. No es propio de ti llamarme en domingo.

—Lo sé. Quería hablar contigo sobre lo de LangTel. No quiero participar.

Contuvo el aliento. No ofreció razón alguna. Con su experiencia en inversiones, a veces solo hacía falta que él mencionara que iba a hacer algo para que los demás lo siguieran sin cuestionar sus motivos.

—¿Qué dices? ¡Estás loco! ¿Por qué vas a hacer algo así?

Maldición. Iba a tener que ofrecer una explicación.

—No creo que vaya a ser tan beneficioso como pensábamos que era. Se trata de mucho dinero y estaríamos hundidos en este asunto todo el año. O más. ¿De verdad es eso lo que queremos? ¿De verdad queremos invertir tanto dinero?

—¿Con los beneficios que nos esperan? Por supuesto. No te olvides de que no eres la única persona a la que Adam Langford ha fastidiado a lo largo de los años. Hay más gente que quiere que rinda cuentas.

–¿Y la venganza no está ya algo pasada de moda? –replicó. Todo lo que le había parecido perfecto durante meses, de repente era todo lo contrario–. ¿Acaso no tenemos cosas mejores que hacer?

–Pues aquella noche en Madrid pareció que la venganza te motivaba mucho…

Jacob estaba en un terreno muy delicado. Andre tenía razón. Él los había convencido a todos.

–No puedo pasarme la vida preocupándome por Langford. Prefiero lavarme las manos en este asunto. Y de él…

–No sé qué decirte –repuso Andre–. Tú quieres salirte de este asunto. Yo sigo dentro. No creo que el resto de los miembros vayan a ser de tu opinión.

Jacob frunció los labios. Se lo había imaginado. Había presentado un plan perfecto que se había puesto en movimiento. Lo único que podía hacer era realizar más llamadas y tratar de convencer a otros.

–Bueno, resulta evidente que no os puedo decir lo que tenéis que hacer. Lo único que os digo es que no voy a formar parte de esto. Me mudo a asuntos más claros, que me den menos dolores de cabeza.

–Como veas, Lin, pero no creo que ninguno de los otros vaya a echarse atrás. Además, se está hablado de un nuevo inversor. Un pez gordo con bolsillos muy profundos.

Aquello era nuevo para Jacob.

–¿Un nuevo miembro? Nadie me ha dicho nada al respecto. Mi opinión cuenta sobre quién se une al grupo y quién no.

–Aparentemente, ese tipo no tiene interés alguno en unirse al grupo, pero ya tiene muchos intereses en la empresa y está muy interesado en una absorción. Probablemente, se trate de otro enemigo de Adam Langford.

Jacob se mesó el cabello. Se le estaba formando un dolor de cabeza colosal.

–¿Y no sabes de quién se trata?

–No. En estos momentos, se trata tan solo de un rumor. ¿Y a ti por qué te importa quién sea? Aunque saques tu dinero del trato, podrás ver cómo LangTel y Adam Langford se hunden en la miseria. Eso tiene que merecer la pena.

Resultaba extraño que ya no le resultara tan atractivo ver cómo Adam era destruido, y todo porque había cedido al deseo que sentía por Anna. ¿Cómo podía pensar en hacer progresar su relación con ella con todo lo que estaba pasando? No podía. Sería arriesgado, estúpido y, sobre todo, cuestionable. Podía olvidarse de que el hermano de ella lo odiaba, pero no podía empezar una relación con ella con un secreto tan grande. No funcionaría. Eso le dejaba tan solo una opción. Tenía que dar un paso atrás con ella. Si Anna quería seguir, tendría que decírselo y, entonces, él tomaría una decisión. Por el momento, tendría que comportarse como si no ocurriera nada.

–Gracias. Hablaremos pronto –dijo Jacob. Cortó la llamada y se volvió a meter el teléfono en el bolsillo. Menudo genio de las finanzas estaba hecho. Eso no le iba a mantener caliente por las noches.

Anna no podía seguir en la casa. Necesitaba un poco de aire fresco. Por eso, se dirigió hacia el exterior y dejó su bolsa de viaje junto al coche de Jacob.

Pensar que aquella escapada estaba a punto de terminar resultaba deprimente. La noche anterior había hecho pedazos sus expectativas. Solo de pensar en las cosas que habían hecho juntos, en sus caricias, en los apasionados besos, despertaba el deseo en ella. Habían iniciado algo que se podía terminar igual de fácilmente que había empezado, ¿no?

Se sentía como si Jacob ya le hubiera respondido aquella pregunta. Cuando le dijo que se marchaba un momento al garaje, le había dado una palmadita en la espalda como si fuera un amigo. Además, había estado muy distante toda la mañana. Resultaba muy difícil no darse cuenta de lo que ocurría. Lo de la noche anterior era pasado. Al día siguiente, Jacob no quería mirar atrás.

Golpeó un guijarro y vio cómo caía en un charco. Debía de haber llovido la noche anterior. El cielo estaba grisáceo, con nubes blanquecinas que parecían presagiar cómo sería el viaje de vuelta a Manhattan y de lo que les esperaba cuando llegaran allí. Familia, responsabilidades… Todo era más importante que una aventura. Desgraciadamente, Anna no podía pensar en ello. Lo único que quería era volver a meterse en la cama con Jacob.

Si lo que habían compartido no volvía a ocurrir, ¿se contentaría ella con lo que habían compartido? Vio que Jacob salía del garaje. La respuesta estaba muy clara. Una noche no sería suficiente. Tan solo con unos vaqueros y un jersey, resultaba espectacular. No volver a verlo ni a disfrutar de él sería una verdadera desilusión.

—Necesito ir a buscar una cosa dentro –dijo él desde la escalera.

—De acuerdo. Tómate tu tiempo.

De repente, su teléfono móvil comenzó a sonar.

¿Quién la llamada un domingo por la mañana? Lo sacó del bolso y, al ver quién llamaba, sintió que el estómago le daba un vuelco. Adam. Se alejó todo lo que pudo de la casa y del coche.

—Hola, Adam. ¿Va todo bien?

—Hola, Anna Banana. ¿Cómo estás?

Anna estuvo a punto de preguntarle si se sentía bien. Hacía años que su hermano no la llamaba así.

—Sí. ¿Qué es lo que ocurre?

De repente, el sentimiento de culpabilidad sobre lo ocurrido se apoderó de ella. No era propio de Anna esconderse ni ocultar nada a su hermano.

—Me siento mal por nuestra conversación de la otra noche. Iba a llamarte ayer, pero Mel y yo estuvimos preparando muchas cosas para la boda. Siento mucho el modo en el que te hablé.

—Te lo agradezco, Adam, pero parecías muy seguro de lo que decías en aquel momento.

—Lo sé, pero estaba ciego. No quiero que pienses que no te quiero como presidenta. Claro que te quiero en mi puesto. Creo en ti. Es que… ha sido duro. Creo que lo sabes.

—Sí, lo sé. También ha sido muy duro para mí.

—Mira, Mel y yo tuvimos una larga charla anoche. Se le da tan bien saber qué es lo que me pasa que hasta da un poco de miedo. He comprendido que el hecho de perder a papá ha sido mucho más difícil para mí de lo que había imaginado. Supe que sería duro, pero no tanto… y la presión en el trabajo… Bueno, creo que no he sido yo últimamente.

Anna se quedó atónita. Jamás había esperado escuchar aquellas palabras en boca de su hermano.

—Sé que ha sido duro… Debería haber tenido más

paciencia contigo. Sé que te estás haciendo lo que puedes.

—También me di cuenta de que estoy siendo muy duro contigo, lo que es una estupidez por mi parte. Tú eres mi mayor aliada, la única persona en la que puedo confiar, y te estoy apartando de mí. Aparte de ser una estupidez, no es justo.

Aquellas palabras se hicieron eco en la cabeza de Anna. Allí estaba ella, con el hombre del que su hermano le había dicho que se mantuviera alejada.

—Gracias por decírmelo.

—Por lo tanto, mañana por la mañana tú y yo vamos a reunirnos para empezar a preparar tu nombramiento como presidenta.

Anna sintió que el corazón se le detenía. ¿De verdad acababa de decir eso su hermano?

—¿De veras?

—Sí. La junta directiva nunca va a estar contenta del todo. Si me siento a esperar a que ellos cambien de opinión, tú nunca te sentarás en el sillón principal para hacerte cargo del trabajo que tanto deseas y yo nunca voy a poderme poner manos a la obra con lo que deseo hacer.

Jacob salió de la casa con una sonrisa en los labios. Aquella sonrisa era lo único que deseaba ver y lo único que quería escuchar se lo estaba diciendo su hermano por teléfono. Debería estar contenta, pero sabía muy bien que las dos cosas no podrían coexistir fácilmente en el mundo real. No podía tener ambas.

—¿Significa eso que has cambiado de opinión sobre Sunny Side?

—No quiero volver a rechazar tu idea. Tengámoslo en mente. Tal vez Jacob salga de la ecuación. Me niego a tocarlo antes de que eso ocurra.

–¿Lista? –le preguntó Jacob mientras rodeaba el coche para abrir la puerta.

–¿Has dicho algo? –le preguntó Adam.

Anna rezó para que Jacob no dijera ni una palabra más. El corazón le latía con fuerza en el pecho. Aquello era demasiado complicado. Tenía que colgar inmediatamente.

–Tengo que dejarte, pero muchas gracias por llamar. Te lo agradezco mucho.

–Tengo confianza en ti, mi niña. De verdad. Tan solo he tenido que pararme a pensarlo unos minutos.

Anna suspiró. Había anhelado tanto aquel momento…

–Gracias. Eso significa mucho para mí.

–Nos vemos mañana en el despacho.

–Sí. Hasta mañana.

Anna volvió a meter el teléfono en el bolso. Era una pésima hermana que se había acostado con Jacob y estaba negociando con Sunny Side a espaldas de su hermano.

–¿Va todo bien? –le preguntó Jacob.

–Sí, todo bien.

Se metió en el coche sin poder dejar de pensar en su conversación con Adam. ¿Había llegado la hora de volver a la realidad? ¿Debía dejar que Jacob se convirtiera en solo una aventura que había llegado a su fin? La respuesta parecía evidente. Se había saciado de él y debía permanecer leal a su hermano y a su empresa. Además, parecía que el propio Jacob era de la misma opinión. Llevaba muy distante toda la mañana.

Arrancó el coche y buscó una emisora de radio.

–Quiero ponerme al día con las noticias financieras. Hay que volver al trabajo mañana.

Anna se reclinó en el asiento.

–Lo sé…

Cinco horas después, el coche se detenía delante del edificio en el que Anna vivía.

–Deja que te acompañe hasta la puerta –dijo él.

–No. Espera. Creo que debemos hablar.

Jacob apagó la radio y se volvió para mirarla.

–Sí, por supuesto.

–He pasado un fin de semana maravilloso… –empezó. Se arrepentía de lo que iba a decir, pero sabía que era lo mejor. No obstante, no deseaba hacerlo.

–Bien. Me alegro. Yo también.

–Me gustas mucho, pero tenemos que ser sinceros el uno con el otro –dijo ella–. Probablemente no fue lo más sensato estando mi familia de por medio. No creo que Adam cambie de opinión en un futuro cercano. Seguramente no lo hará nunca y mi familia es muy importante para mí. Creo que esto provocará una situación que no será buena para mí. Ni para ti.

–Entiendo… lo que tú digas, Anna. No voy a discutir contigo.

¿Se sentía herido? ¿Desilusionado? Su voz era fría y su actitud distante. La noche anterior, todo lo que ella había estado años soñando y anhelando no había sido más que una aventura de una noche para él.

–Está bien. Estupendo. Supongo que volveremos a hablar sobre Sunny Side…

Jacob asintió y miró hacia delante.

–Te llamaré si tengo alguna información.

–Perfecto.

Anna salió del coche y cerró la puerta. No se volvió para mirar atrás. Aquello era lo mejor. Sin embargo, se sentía absolutamente destrozada.

Capítulo Ocho

Terminar lo que había compartido con Jacob fue lo más difícil que Anna había tenido que hacer en mucho tiempo. Cuatro días después, se sentía como una estúpida.

—¿Sigues sin saber nada de ya sabes quién? —le preguntó Holly tras dejar una ensalada encima del escritorio de Anna.

Habían empezado a almorzar juntas en el despacho de Anna desde que el comedor había dejado de ser divertido. Los rumores de una absorción eran cada vez más frecuentes, pero si la absorción era real, aún se desconocía quién la iba a llevar a cabo.

—Calla —le dijo Anna antes de levantarse rápidamente del sillón y asegurarse de que la puerta estaba bien cerrada.

—No he dicho su nombre —protestó Holly mientras comenzaba a tomarse su ensalada.

—Lo siento —musitó Anna tras sentarse de nuevo—. Es que, si Adam se enterara, se pondría hecho una furia. Eres la única persona del planeta que sabe algo al respecto.

—Me siento tan privilegiada de tener una información que podría hacer que me despidieran…

—Lo siento. Espero que no te moleste que te lo haya contado. Se lo tenía que decir a alguien o me iba a volver loca. Te guste o no, eres mi mejor amiga.

–No te preocupes. Se me da muy bien mantener la boca cerrada.

Anna suspiró.

–Para responder a tu pregunta, no. No he tenido noticias de él y hace ya cuatro días. No sé por qué, pero no puedo dejar de pensar en él.

Hacía mucho tiempo desde la última vez que se sintió tan viva, pero sabía que había tomado la decisión correcta.

–Eso es lo que el sexo le hace a una persona, ¿sabes? –replicó Holly–. En especial si llevas mucho tiempo sin disfrutarlo.

Desgraciadamente, era mucho más que sexo, pero no podía pronunciar aquellas palabras, y mucho menos delante de Holly. Sin embargo, era la verdad. Anna no había sentido aquella conexión con un hombre hacía mucho tiempo. Tal vez nunca. Los dos encajaban bien juntos, compartían sueños y aspiraciones similares. Además, lo bien que se acoplaban físicamente resultaba imposible de negar. En la cama, era espectacular.

–Supongo. Sin embargo, no hay mucho que pueda hacer al respecto. Lo que podría pasar en mi familia es demasiado y él pareció estar de acuerdo.

–Los hombres son tan complicados… las mujeres no dejarían nunca que las cosas llegaran tan lejos. Le dedicarían a quien fuera una sonrisa falsa para luego ponerla verde en cuanto se diera la vuelta. Si lo piensas, es mucho más civilizado.

Anna había empezado a tomarse la ensalada cuando su teléfono móvil comenzó a sonar. Al ver que se trataba de Jacob, dejó caer el tenedor sobre el bol.

–¿Quién es? –le preguntó Holly–. Parece que has visto un fantasma.

–Es Jacob.

–¿A qué estás esperando? Responde.

Anna se limpió la boca con una servilleta y tomó el teléfono. ¿Para qué quería hablar con ella? No había cambiado nada.

–Hola, Jacob –dijo mientras le indicaba a Holly que saliera de su despacho.

–¿Te pillo en buen momento?

–Sí, por supuesto.

–Dado que estás en el trabajo, no quería interrumpir nada. Sin embargo, te llamo por algo muy importante, y no quiero que te enteres por nadie que no sea yo.

El corazón de Anna comenzó a latirle con furia en el pecho.

–¿De qué estás hablando?

–Vamos a tener que dejar de momento lo de Sunny Side. La patente se ha retrasado y hay un fallo en el diseño que tienen que resolver. Es algo bastante rutinario con una tecnología como esta, pero podrían pasar algunos meses hasta que pudiera considerarse una venta. Quieren empezar con buen pie con su nuevo socio, y yo les he aconsejado que es una buena estrategia.

Anna respiró profundamente. Se sentía algo desilusionada de que Jacob no la hubiera llamado por motivos personales. Al menos se trataba de una buena noticia, un retraso que podría ser fantástico para ella. Cuando Sunny Side estuviera lista para vender, ella podría ser ya la nueva presidente de LangTel.

–Entiendo. Bueno, te agradezco que me hayas informado.

–Espero que no pienses que nuestro fin de semana fue una pérdida de tiempo por esto.

–Por supuesto que no. Fue un fin de semana fantástico… Estuvo genial. Tanto personal como profesionalmente.

Había tantas cosas que ella quería decirle, pero, ¿podría hacerlo? ¿Podría sugerirle lo mucho que deseaba que volvieran a empezar?

—Bien. Me alegro mucho de saber que sigues pensando así.

—Espero que no hayas pensado que solo me importaba lo de Sunny Side.

—Por supuesto que no. Solo quería asegurarme –dijo él–. Anna, tengo que decirte algo más –añadió aclarándose la garganta–. En realidad, me alegro de lo de Sunny Side, porque me ha dado la excusa para llamarte.

—No necesitas ninguna excusa. Somos amigos, ¿verdad?

—Amigos con una serie de circunstancias muy complicadas.

Eso era cierto, pero no cambiaba el hecho de que Anna se sentía muy atraída por él.

—Puedes llamarme cuando quieras. No necesitas ninguna excusa.

—Está bien… me alegro… porque también te he llamado para decirte que no puedo dejar de pensar en ti.

Anna esbozó una amplia sonrisa. El corazón se le aceleró y comenzó a latirle con fuerza.

—¿De verdad?

—Sí. En especial me ocurre cuando llega la hora de dormir.

—Vaya… Entiendo….

—No hago más que pensar lo que sería volver a estar contigo. No hago más que pensar en tocarte, besarte… Quiero volver a hacerlo, Anna…

—¿De verdad?

–Sí. Te agradecería mucho que dejaras de hacer preguntas y me dieras alguna indicación de qué es lo que sientes tú respecto a todo esto. En estos momentos, me siento como si estuviera teniendo sexo telefónico solo por mi parte.

Si Anna le contaba todo lo que estaba pensando en aquellos momentos, Jacob no podría decir ni una sola palabra en una semana.

–Yo tampoco puedo dejar de pensar en ti –confesó. A pesar de que aquellas palabras la hacían sentirse vulnerable, se sintió también liberada.

–Sigue…

–Yo estoy teniendo el mismo problema. No puedo dormir. Me quedo tumbada en la oscuridad y no hago más que recordar todo lo que ocurrió el pasado fin de semana.

–Me alegro.

–¿Te alegras?

–No hay más preguntas. Voy a enviar un coche para que te recoja a las cinco.

–Tengo una reunión a las cuatro treinta.

–¿Es importante?

–Creo que podré cambiarla para otro momento.

–Esa es mi chica…

Mi chica. Aquellas palabras le provocaron una sensación eléctrica que le recorrió todo el cuerpo.

–¿Adónde vamos a ir?

–No vamos a ir a ninguna parte. Vas a venirte aquí.

«Vaya. Voy a tener que ir a casa corriendo para cambiarme de ropa».

–Otra cosa, Anna. Tráete cepillo de dientes.

Capítulo Nueve

Jacob nunca había hecho algo así antes, pero, aparentemente, en lo que se refería a Anna, sus reacciones resultaban imprevisibles. Había conseguido estar cuatro días sin llamarla y, en su caso, en vez de hacerse cada vez más fácil estar sin hablar con ella, se había ido haciendo más duro. Era como si le faltara el aire. No se podía centrar en el trabajo. Cada vez la necesitaba, más hasta el punto de que no le importaban las consecuencias.

No obstante, sabía que no podía empezar un romance sin ataduras con Anna. Aquella situación lo colocaba en una situación muy complicada, en una cuerda floja sobre la que resultaba difícil guardar el equilibrio. Los de War Chest habían cerrado filas y habían decidido seguir adelante con el plan que el propio Jacob les había presentado. Se negaba a lamentarse de haberlo hecho, pero le gustaría poder cambiar la situación. Si pudiera encontrar a alguien dispuesto a dar un paso atrás, podría ser que los demás siguieran su ejemplo. Eso significaría una preocupación menos sobre su conciencia.

Miró el reloj. Anna llegaría en cualquier momento, y eso le ponía muy nervioso. La anticipación le creaba un cóctel de adrenalina y testosterona difícil de soportar. No podía dejar de pensar en cómo sería cuando volviera a verla. Cuando pudiera volver a besarla, a sentir cómo cobraba vida con sus caricias. Anhelaba aquella respuesta, cuando Anna se permitía ser vulnerable, cuando se rendía a él y Jacob podía ver y sentir sus reacciones en forma de besos, temblores y caricias.

Se dirigió a la cocina y sacó una botella de champán del frigorífico. Podría ser que fuera un cliché, pero Anna no se merecía nada menos.

Al oír que alguien llamaba a la puerta, el pulso se le aceleró. Retuvo la compostura, seguro de que a ella le gustaba el Jacob elegante y seguro de sí mismo. Era aquel con el que querría irse a la cama.

Abrió la puerta y tuvo que controlar los impulsos de su rostro.

–Hola –dijo ella, sonrojándose tímidamente.

–Hola –replicó él.

La invitó a pasar y cerró la puerta. Entonces, la siguió hasta el salón y la ayudó a quitarse el abrigo. Vio inmediatamente la ropa que ella llevaba puesta: un vestido negro, sin mangas, que le sentaba como un guante y se ceñía a su cuerpo como una segunda piel.

–Estás muy guapa –dijo.

Ansiaba sus caricias. Dejó el abrigo sobre el respaldo de una silla y le agarró el codo. La electricidad que saltó entre ellos resultaba prácticamente obscena, como si se tratara de un experimento fuera de control. Le sorprendió no ver la corriente chisporroteando entre los dos.

–Gracias –susurró ella–. Tú tampoco estás nada mal.

Dio un paso al frente. A pesar de llevar unos zapatos de tacón muy altos, tenía aún que mirar hacia arriba. Jacob pensó que tal vez le pidiera que se los dejara puestos toda la noche.

Ella le colocó la mano sobre el torso y le alisó suavemente la tela de la americana. Jacob la observaba, sonriendo, sin dejar de mirarla a los ojos. Parecía como si hubiera un fuego ardiendo en ellos, cálido e intenso. ¿Cuál de los dos cedería primero? No tenía ni idea. Solo sabía que, por una vez en la vida, él sería el ganador si era el primero en mostrar sus cartas.

—Te he echado de menos, Anna… Sé que dijimos que esto no era una buena idea, pero te he echado de menos. Es tan sencillo como eso. He echado de menos estar a tu lado, mirarte y pensar en todas las cosas que quiero hacer contigo. Las cosas que quiero hacerte…

Ella separó los labios ligeramente.

—Yo tampoco he podido dejar de pensar en ti. Cada vez que pensaba en las razones por las que deberíamos estar alejados el uno del otro, no hacía más que pensar en el primer pensamiento….

—¿A qué pensamiento te refieres?

—No podía dejar de pensar en ti y en lo mucho que me estaba perdiendo por estar alejado de tu lado.

—¿Y ahora qué hacemos?

Anna no le había apartado la mano del torso. Levantó la otra y se la colocó al lado de la primera, junto al nudo de la corbata.

—Tenemos toda la noche por delante. Tal vez solo tengamos que ver qué es lo que pasa…

Jacob sonrió, más ampliamente en aquella ocasión. Resultaba imposible no estar contento a su lado.

—¿Como ver qué ocurre cuando hago esto? —le preguntó. Le deslizó una mano alrededor de la cintura y se la colocó justo encima del trasero.

—Mmm… Creo que lo siguiente que ocurre es esto.

Anna le quitó la corbata y observó su reacción. Entonces, le desabrochó el botón superior de la camisa.

—Huy, me he saltado un turno —añadió, riendo.

—Veo que te estás aprovechando…

Aquel juego tendría que llegar más rápidamente a su conclusión. Jacob deseaba verla desnuda. Le bajó la cremallera del vestido mientras ella le desabrochaba rápidamente la camisa. Jacob ansiaba ver la piel que había besado hacía una semana. Le hizo darse la vuelta para admirar la belleza de porcelana en contraste con el sujetador negro y las braguitas de encaje. Le bajó el vestido, saboreando cada instante y cada placer sensorial. El aroma, el calor que irradiaba de su piel, la perfección de la columna mientras la recorría de arriba abajo con la mano… La presencia de Anna no lo ponía a punto, sino que prácticamente lo colocaba al borde del abismo.

La prenda cayó por fin al suelo. Ella le dedicó una sensual mirada por encima del hombro.

—Tú también te has saltado varios turnos.

Así era. Y lo volvería a hacer. Le agarró los hombros y la inmovilizó contra su cuerpo. Entonces le rodeó la cintura con las manos. Ella echó la cabeza hacia atrás y permitió que él le besara apasionadamente el cuello. Entonces, Jacob le cubrió un seno con la mano y se lo acarició a través de la delicada tela del sujetador. Anna se tensó e irguió aún más el pezón erecto para que se encontrara con sus caricias. Las lenguas se entrelazaron y, entonces, Anna se dio la vuelta entre sus brazos. Jacob se quitó la americana y la corbata mientras ella le desabrochaba el cinturón y los pantalones, presa de un profundo frenesí. Jacob terminó de desnudarse con una mano sin dejarla alejarse demasiado. No paraba de besarla…

Entonces, le desabrochó por fin el sujetador y, sin

molestarse en quitárselo, le agarró los senos y comenzó a moldeárselos con las manos. La boca inmediatamente buscó uno de los firmes y rosados pezones. El gemido que ella dejó escapar cuando se lo lamió fue como música para los oídos de Jacob.

Anna se quitó los zapatos y las braguitas. Sus hermosas curvas desnudas le recordaron a Jacob lo mucho que su propio cuerpo anhelaba estar junto al de ella, hasta el punto que decidió que no podría llegar al dormitorio. Se sentó en el sofá medio reclinado y extendió la mano.

—Ven aquí. Te necesito.

—¿Tan impaciente estás? —preguntó ella con una pícara sonrisa.

—Sí… Y tenemos toda la noche…

Anna colocó una rodilla sobre el sofá y se sentó encima de él, a horcajadas. Estaba empezando a anochecer, pero la luz era suficiente como para que Jacob pudiera admirar su hermoso cuerpo. Le trazó suavemente el contorno.

—Creo que llamarte esta mañana ha sido lo mejor que he hecho en mucho tiempo.

—No podría estar más de acuerdo contigo…

Anna se inclinó sobre él para besarle. Su sedoso cabello acariciaba el rostro de Jacob. Él sintió profundamente no poder ver el instante en el que ella le agarró el miembro con la mano y lo guio al interior de su cuerpo para comenzar a hundirse en su sedosa feminidad. Un profundo gruñido se le escapó de la garganta cuando el cuerpo de Anna se moldeó al suyo, cálido y acogedor. Jacob no podía imaginar ningún otro sitio en el que prefiriera estar.

Ella se acomodó sobre él y comenzaron a moverse juntos de un modo que él no deseaba que finalizara nunca. Le acicateaba los sentidos y hacía que apreciara aún más su belleza y su naturaleza. Ella movía las caderas sin parar, mientras se besaban y se acariciaban. Jacob recorría la aterciopelada piel de aquel trasero perfecto. Las respiraciones de ambos se aceleraron y, antes de que él supiera lo que estaba ocurriendo, Anna comenzó a tensarse repetidamente y a gemir de placer. Sus miradas se cruzaron durante un instante antes de que ella se dejara llevar por las sensaciones y cerrara los ojos para echar la cabeza hacia atrás. Jacob también cerró los suyos y el clímax se apoderó de él. Cada temblor que experimentaban los unía un poco más.

Anna se dejó caer sobre la cama, con el torso moviéndose rápidamente por lo acelerada que tenía la respiración. Jacob le agarró la mano, tratando él también de tomar aire. Anna miró al reloj. Era más de medianoche. No habían parado más que para tomar algo de comer y beber champán desde que ella había llegado poco después de las cinco. ¿Cuánta fuerza podía tener un hombre? ¿Acaso estaba tratando de demostrar algo? Si era así, lo había conseguido. Y de qué manera.

Ella estaba agotada. Maravillosamente agotada. Jacob era como un maravilloso día de las vacaciones de verano. Nada podía resultar tan glorioso.

—¿Puedo aprovechar ahora la oportunidad de disculparme por lo ocurrido la primera vez que nos besamos? —le preguntó él—. Ha quedado más que claro que fue la decisión equivocada.

Anna se puso de costado y sonrió a pesar de la desagradable naturaleza del tema que él había elegido.

—No tienes que fingir que deseas que las cosas hubieran terminado de un modo diferente. No pasa nada. Soy una mujer adulta. Además, esta noche me has compensado.

—¿Acaso no crees que me arrepienta? ¿Por qué te rechacé exactamente? Por una amistad que se terminó por convertir en lo peor de toda mi vida.

—Bueno, por mucho que me doliera que me dijeras que no, tengo que admirar la razón por la que lo hiciste, aunque las cosas no salieran como me hubiera gustado.

Jacob miró al techo. Estaba inmerso en sus propios pensamientos. ¿Fue su rifirrafe con Adam algo más que una pelea por una decisión empresarial? Anna siempre había dado por sentado que lo de Jacob tenía que ver con la vergüenza de verse apartado públicamente de su primera aventura empresarial y por perder su parte de los beneficios. ¿Acaso había habido algo más?

—Soy una persona muy leal, Anna. Tienes que comprenderlo. Si dejo que alguien entre en mi vida, están ahí por un motivo. No lo hago a la ligera.

Allí tenía su respuesta.

—Entonces, no fue solo por los negocios. Fue también por perder la amistad.

Jacob volvió a quedarse en silencio. Anna no quería interrumpir lo que estuviera pensando a pesar de la curiosidad que sentía. Le colocó la mano en el estómago. Entonces, él se la agarró y se la llevó a los labios para besarle los dedos ligeramente.

Anna se sentía protegida y expuesta a la vez. ¿Sentía él lo mismo? Incluso cuando su hermano había insistido que no podía contar con Jacob, Anna no se lo podía creer. Su instinto le decía que claro que podía. Además, no se podía creer que el hombre que había sido capaz de rechazar el sexo por una amistad hiciera algo que no fuera lo correcto. No podía pensar nada malo de él.

–No quiero cargarte con los detalles de lo que ocurrió entre Adam y yo –dijo él rompiendo por fin el silencio–. Es una noche tan maravillosa que no quiero estropearla.

Anna se apoyó sobre los codos para mirarle. Era tan guapo, incluso en aquellos momentos en los que no sabía lo que estaba pensando. ¿Conocería alguna vez la profundidad de aquellas aguas por las que discurría su pensamiento? No había nada que deseara más que poder ahogarse en ellas, hundirse hasta al fondo y no salir nunca a tomar aire. Tenía tanto que aprender…

Sin embargo, ¿era eso lo adecuado? Podía ser. ¿Le importaba que no lo fuera? No. No había garantías a pesar de la situación en la que se encontraban. En cierto modo dependía de ellos. Nadie podía hacerlo en su lugar.

Jacob se volvió hacia ella y le dio un suave y delicado beso en los labios. Con una mano, le acarició la espalda y comenzó a trazarle delicados círculos sobre la piel. Ella no pudo hacer nada más que apretarse contra él. Los centímetros que los separaban parecían tan absurdos… Debían estar juntos. Aunque eso provocara un cataclismo.

Capítulo Diez

La vida se convirtió rápidamente en un hermoso revuelo de semanas de intensos fines de semana e incontables encuentros nocturnos. A Anna no le gustaba ocultarse, pero no podía negarse la gloria de estar con Jacob. Por lo tanto, por muy difícil que les resultara, tuvieron mucho cuidado en mantener su relación en secreto.

Se podía decir que, en general, estaba funcionando, aunque había ocasiones en las que sus citas eran demasiado agotadoras. Un día, en el despacho, Adam le preguntó por qué estaba tan cansada. Anna no podía decirle la verdad: que había estado con Jacob hasta altas horas de la noche haciendo el amor. Por lo tanto, simplemente dijo que no podía dormir muy bien. En realidad, no era una mentira real, o al menos una demasiado importante, pero las pequeñas verdades a medias estaban comenzando a pesarle como si fueran una nube negra.

–¿Qué quieres hacer esta noche? ¿Qué te parece si saliéramos, para variar? –le preguntó Jacob por teléfono mientras Anna estaba sentada frente a su escritorio.

–Ya sabes que no podemos hacerlo. ¿Y si alguien nos viera juntos?

Aquella era la horrible verdad, pero aquella noche se había convertido más bien en una conveniente excusa. Anna miró el reloj y comenzó a recoger sus cosas.

Si quería llegar a casa de Jacob antes que él, tenía que marcharse en aquel mismo instante. Había preparado una pequeña sorpresa de cumpleaños. Nada demasiado elaborado, pero esperaba que le gustara.

–Anna, no podemos seguir haciendo esto eternamente. Tenemos que salir de la casa de vez en cuando. No es que no quiera tenerte atada a la cama, que sí, pero...

Anna sonrió. Resultaba difícil no hacerlo. Se le daba tan bien realizar comentarios que la recordaban a ella lo mucho que la deseaba.

–Tienes razón. Hablaremos de ello esta noche. ¿En tu casa?

–Sí, replicó él. Parecía un poco molesto–. Estaré en casa sobre las siete. ¿Tienes tu llave?

–Sí –afirmó ella. Jacob se la había dado hacía unos días, «por si acaso». Anna no había estado del todo segura de qué significaba aquello, pero había posibilitado la sorpresa de cumpleaños.

–Anna...

–¿Sí?

–Te echo de menos...

Ella sonrió. Con gesto ausente se acarició la clavícula. Aquellas cuatro palabras significaban tanto para ellos... llevaban semanas diciéndoselas el uno al otro. Aquel era uno de sus muchos secretos. ¿Serían acaso las sustitutas de «te quiero»? Esas dos palabras en concreto aún no habían surgido, a pesar de lo mucho que ella lo había esperado. Anna había estado a punto de pronunciarlas, pero no sabía si él se las correspondería. Pensar que pudiera rechazarlas resultaba insoportable. Se dijo que debía esperar. Terminarían por ocurrir.

–Yo también te echo de menos. Te veo esta noche.

Anna le dijo a su asistente que tenía que hacer unos recados y trató de ignorar el sentimiento de culpabilidad que surgió por el hecho de marcharse del trabajo antes de la hora. Fue a recoger un pastel de zanahoria de una pastelería y se dirigió al apartamento.

Resultaba extraño estar allí sola. ¿Qué sentiría si aquella fuera su casa? A pesar de que su propio apartamento era muy espacioso, no tenía el esplendor del de Jacob ni las magníficas vistas sobre Central Park. Podría vivir muy cómodamente allí. Podría ser feliz si llegaba ese momento. Sentía que Jacob procedía con cautela. ¿Cómo no? Su hermano lo odiaba. Eso intimidaría incluso al hombre más formidable.

Media hora más tarde, estaba preparando la cena. No era muy buena cocinera, pero se defendía con los platos básicos, como pasta y ensalada. Por suerte, resultaba muy fácil agradar a Jacob. Era capaz de comer prácticamente cualquier cosa, en especial si iba acompañado de una copa de buen vino.

Puso la enorme mesa del comedor para dos. Encontró unas velas y bajó la intensidad de las luces. Entonces, regresó a la cocina para terminar los preparativos. Tan solo unos minutos después, él entró en la cocina.

–¿Qué es todo esto? –preguntó él con una sonrisa. Estaba verdaderamente sorprendido.

Anna fue corriendo a darle un beso. Resultó algo surrealista. ¿Sería así si fueran marido y mujer? Tal vez ella no tuviera demasiado tiempo para hacer la cena cuando fuera presidenta, pero le gustó disfrutar de aquel instante tan doméstico.

–Es una sorpresa por tu cumpleaños.

Él frunció el ceño.

–¿Y cómo sabías que era mi cumpleaños?

—El otro día tenías el pasaporte en la cómoda y eché un vistazo a la fotografía.

—O sea que estabas cotilleando –comentó. No parecía estar muy molesto con ella.

—Un poco, pero eso no es lo que importa. Quería hacer algo agradable para ti. Sinceramente, me sorprende que no me lo dijeras tú mismo.

—No celebro mi cumpleaños. Nunca lo he hecho.

—¿De verdad? ¿Por qué?

—Cuando era niño me pasé mucho tiempo alejado de mis padres. Ellos siempre estaban con sus cosas y yo estaba en un internado. Un cumpleaños no significa mucho cuando lo único que recibes es una transferencia bancaria y una llamada de teléfono.

Aquello era lo más triste que Anna había escuchado en mucho tiempo, pero no quería pensar en lo negativo. Anna le tomó la mano y lo condujo al salón, donde le animó a sentarse. Entonces, le sirvió una copa de vino tinto y levantó su copa para brindar con él.

—Feliz cumpleaños.

Le pareció que aquel deseo se quedaba corto, como si se supusiera que debía añadir algo más sobre su futuro o tuviera que decirle que lo amaba.

Desgraciadamente, no sabía lo que podía depararles el futuro. En cuanto a lo referente al amor, sabía de corazón que lo amaba. Él la comprendía de un modo en el que nadie más parecía hacerlo, apreciaba sus aspiraciones y la animaba. Siempre parecía centrado en ella, en todo lo que quería y necesitaba. Nadie lo había hecho nunca, y Jacob hacía que pareciera muy fácil. Incluso más aún, aceptaba su afecto incondicionalmente. Nunca tenía planes que no fueran estar con ella.

Todo era perfecto. Él era perfecto, o al menos era

perfecto para ella. Sin embargo, todo esto hacía que su situación fuera aún más frustrante. Estaba atrapada entre su familia y él.

Sirvió las ensaladas y se sentó junto a él. ¿Cómo podía haberse pasado la vida sin celebrar su cumpleaños? Sentía un gran peso en el corazón. Los cumpleaños siempre habían sido muy importantes en su casa. Siempre. Quería que Jacob también lo sintiera así. Que tuviera lo mismo que ella había disfrutado.

—Tal vez hoy puede ser el inicio de una nueva tradición en lo que se refiere a los cumpleaños.

Jacob le dedicó la más débil de las sonrisas.

—Es una bonita idea.

El inicio de una nueva tradición. ¿Lo habría dicho en serio? ¿Acaso veía un futuro para ambos? Porque, por muy increíble que fuera estar con ella, le parecía que el universo entero estaba conspirando en contra de ellos. Solo era cuestión de tiempo antes de que se conociera lo de la absorción de War Chest.

Se tomó la ensalada escuchando cómo Anna hablaba sobre su día y se sintió más culpable a cada bocado que daba. Horas antes, War Chest se había vengado de él. Lo habían expulsado del grupo por atreverse a presionarles tanto. Además, habían jurado que seguirían con su OPA hostil contra LangTel. Le habían hecho a él lo que antes había esperado Jacob que le hicieran a Adam. Verse objeto de su venganza no le había resultado divertido. Eran personas muy peligrosas, que no pensaban más que en sus intereses y en su dinero. La experiencia le decía que no hacía falta mucho más para tener éxito. Ni siquiera la suerte.

Anna sirvió la pasta, que le pareció una de las recetas más deliciosas que había probado nunca: *ziti* con salchicha italiana, vino blanco, azafrán y rúcula. Sin embargo, Jacob no pudo disfrutar realmente ni un solo bocado. Ella se había tomado muchas molestias para preparar aquella increíble noche para él y Jacob, por su parte, había planeado destruir la empresa que su padre había construido. ¿Qué clase de monstruo era? ¿Era vengarse de Adam realmente tan importante? ¿Le había marcado su padre hasta tal punto que su brillantez en los negocios era capaz de arruinar vidas?

Tenía que encontrar el modo de detenerlo. Vendería todo lo que tenía, formaría un nuevo grupo de inversores que lo respaldaran… lo que fuera. Tenía que haber una manera. La verdad era que se estaba enamorando de Anna. Hacía ya semanas que lo sabía. De hecho, estaba bastante seguro de que se había enamorado de ella durante el paseo en moto. Sin embargo, no le podía confesar sus verdaderos sentimientos hasta que hubiera conseguido detener la absorción. No podían empezar una vida juntos con un secreto de tal magnitud acechando entre las sombras.

Cuando terminaron la pasta, Anna le llevó un pastel y le cantó *Cumpleaños feliz*. Fue un gesto adorable, completamente diferente a la clase de atención que él había disfrutado antes de conocerla. Entonces, le dio su regalo: un precioso par de guantes de cuero negro.

–Están hechos a mano –dijo ella mientras observaba con excitación cómo él se los probaba–. Llamé a una tienda especializada en ropa para moteros en Queens, así que sabía perfectamente lo que debía comprar.

–Gracias. Muchas gracias –susurró él, abrumado por aquella muestra de generosidad por parte de Anna.

–Se te ha olvidado abrir la tarjeta –comentó mientras señalaba un pequeño sobre que iba pegado a la tapa de la caja.

Mientras lo rasgaba, Jacob no podía apartar los ojos de ella. ¿De dónde había salido alguien como Anna? ¿Acaso era todo un sueño?

Para Jacob.
No hay nadie con quien quiera ir a dar un paseo en moto mas que contigo.
Yo seré la que se agarre bien fuerte a ti.
Con cariño,
Anna.

Jacob asintió. Le estaba costando mantener a raya los sentimientos. No sabía si se merecía estar en la misma habitación con ella, y mucho menos ocupar un lugar en su vida.

–Muchísimas gracias por todo –susurró. Dejó los guantes a un lado y le tomó una mano–. De verdad. Te estoy muy agradecido por esta velada. Ha sido maravillosa. Los guantes son perfectos y la tarjeta es… –añadió, sin poder continuar. Anhelaba poder decirle que la quería–. Es perfecta. Se te da muy bien escribir notas.

Anna sonrió.

–Tengo bastante experiencia en lo de escribirte notas y cartas.

–No recuerdo que me hayas enviado ninguna.

Anna se terminó el vino de un trago y volvió a llenar las copas de ambos.

–Después de esa Navidad que pasaste con mi familia, lo pasé muy mal. Escribirte fue mi vía de escape.

–¿Que lo pasaste mal?

Anna se encogió de hombros.

—Simplemente, no podía dejar de pensar en ti. En gran parte era que no dejaba de preguntarme si me habías dicho que no cuanto te besé porque no te caía bien ni te gustaba. Se me ocurrió que tal vez habías usado a Adam como excusa.

—No era una excusa. Fui completamente sincero contigo, Anna. Si no hubiera sido por Adam, me habría pasado toda la noche entera besándote.

—¿De verdad?

—Sí, de verdad…

—Bueno, fuera como fuera, te escribí cartas. Muchas cartas.

Jacob entornó la mirada.

—Pero yo nunca las recibí.

—Es que ni siquiera las envié. Las guardé en una caja. Las tiré a la basura la noche antes de que me graduara en la universidad. En ese momento, sentí que era una estupidez seguir sufriendo por ti. Además, tenía novio, aunque no me duró mucho tiempo.

—¿Por qué no me las enviaste después de que mi amistad con Adam se fuera al garete?

—No puedes estar hablando en serio. ¿Acaso no odiabas a mi familia entera en aquellos momentos?

—Sí que me aseguré a mí mismo que os odiaba a todos, pero nunca lo sentí de verdad, en especial a ti y a tu madre. Las dos siempre fuisteis muy amables conmigo.

—¿Crees que las hubieras leído?

—Probablemente no —respondió él tras considerarlo un instante—. Esos primeros años estaba muy enfadado. Probablemente las habría tirado. ¿Me podrías contar lo que decías en ellas?

Anna se sonrojó.

94

–Es que tengo curiosidad –insistió.

–Bueno, en todas hablaba de ti…

–Solo dime algo que dijeras en ellas…

Anna se echó a reír y le agarró la mano.

–Dependía del día. Si lo llevaba bien, simplemente te escribía para contarte lo mucho que te echaba de menos y te explicaba cosas normales que me estuvieran ocurriendo. Si estaba triste, hablaba principalmente sobre lo mucho que te echaba de menos… Además, había ocasiones en las que me sentía sola en otros sentidos. Entonces, te escribía sobre lo que me habría gustado que hubiera ocurrido aquella noche…

–Maldita sea… ¿De verdad? ¿Y dices que las tiraste? Pagaría lo que fuera por poder leer esa parte…

–¿Y si te lo demostrara?

Los ojos de Anna brillaban con picardía. Jacob se sintió el hombre más afortunado de toda la Tierra. La necesitaba, no solo en aquel momento, la necesitaba para siempre. No podía imaginarse ya sin lo que tenían juntos. Eso significaba que necesitaba doblar sus esfuerzos para parar aquella absorción. Entonces, y solo entonces, podría decirle que la amaba y luego podría también suavizar la situación con Adam. Después, se iría a Tiffany's, le compraría un enorme anillo y conseguiría por fin lo que sabía que ya le resultaba imprescindible para seguir viviendo: Anna.

Capítulo Once

Anna ya no podía andar de puntillas con Adam. Ocultar su relación con Jacob le parecía ridículo. El cumpleaños había ilustrado que los dos avanzaban en buena dirección. Sin embargo, los dos se estaban conteniendo. Anna lo había presentido toda la noche en Jacob. Había algo que él se moría por decirle. ¿Sería que la amaba? Si esas eran las palabras que quería decirle, lo único que se imaginaba que pudiera impedírselo era Adam. No había otra explicación.

¿Podría persuadir a Adam de que se olvidara de todo lo ocurrido? Cuanto más lo pensaba, más convencida estaba de que era algo que podía arreglarse. Si pudiera conseguir que sus dos hombres favoritos enterraran el hacha de guerra, su vida entera sería mucho mejor.

Llamó a su asistente por el interfono.

—Carrie, ¿me puedes informar cuando mi hermano salga de su reunión? Necesito hablar con él.

Veinte minutos más tarde, Anna recibió la llamada.

—El señor Langford puede verla ahora.

Anna salió de su despacho y se dirigió al de Adam fingiendo una seguridad que no sentía. Su relación con Adam había mejorado mucho desde que él reconoció lo mucho que le había afectado la muerte de su padre, pero Anna no tenía ni idea de cómo iba a reaccionar él a la noticia.

—Hola, ¿qué ocurre, Anna? —le preguntó Adam tras

levantar la mirada de la pantalla del ordenador. El tono de su voz era afable.

—Esperaba poder hablar contigo unos minutos sobre algo personal —dijo ella cerrando la puerta.

Adam cerró el portátil.

—Por supuesto. ¿Va todo bien?

—En general, todo va genial, pero podría ir mejor si fuera posible arreglar un asunto.

—Te escucho.

—Lo tuyo con Jacob. Me gustaría mucho ver cómo los dos encontráis el modo de comportaros civilizadamente el uno con el otro y dejar de pelearos. Ya lleváis así mucho tiempo.

—Pensé que dijiste que era personal. Sunny Side no es personal. Y ya hemos decidido lo que hacer sobre ese asunto.

—No estoy hablando de Sunny Side. Estoy hablando sobre mí… Sobre Jacob y yo. Estamos juntos.

—No te entiendo…

—Jacob y yo… Ya sabes…

—¿Estáis trabajando juntos?

—¿Es que tengo que darte todos los detalles, Adam? Jacob y yo tenemos una relación sentimental. No tiene nada que ver con los negocios. Es personal.

—¿Y cómo diablos ha podido ocurrir eso? No puedes estar hablando en serio.

Anna respiró profundamente para armarse de valor.

—No quiero que te enfades, pero me marché con él a la casa que tiene en el campo. Hace unas seis semanas. Allí empezó todo.

—¿Y por qué hiciste algo así? ¿Acaso te obligó él?

—No. Me fui con él a tus espaldas para reunirme allí con el fundador de Sunny Side.

–¿Cómo dices? –le espetó Adam. Los ojos se le habían llenado de furia.

–Espera un momento, Adam –le dijo ella levantando un dedo–. Déjame acabar. Estaba segura de que podría convencerte si conocía mejor las cifras. Necesitamos apoyos financieros hoy en día, ¿no?

–No se trata de eso...

–Respóndeme a la pregunta. Sí o no.

–Sí. Así es.

–Muy bien. Eso es precisamente lo que yo estaba tratando de hacer. Las cosas ocurrieron entre Jacob y yo y luego continuaron cuando regresamos a la ciudad. Nos compenetramos muy bien...

Adam hizo un gesto desagradable con el rostro.

–Ni siquiera quiero pensar en eso... en los dos... compenetrándoos.

–No estoy hablando de eso y lo sabes –replicó Anna–. No puedo estar con Jacob si los dos seguís enfrentados. La familia es demasiado importante. No puedo estar dividida entre los dos. Comprendo que hay mala sangre entre vosotros dos, pero quiero que os sentéis los dos para hablar y tratar de solucionarlo. De una vez por todas. Hace ya seis años, Adam. Los dos acababais de empezar en el mundo de los negocios. Los dos cometisteis errores.

Adam negó con la cabeza vigorosamente.

–Si yo cometí algún error, fue porque estaba reaccionando a las cosas que Jacob había hecho. Podría haber arruinado una idea de miles de millones de dólares.

–Pero no fue así.

–No importa. Jacob estaba dispuesto a arriesgar nuestro negocio para demostrar una sola cosa. Ese hecho me dijo que no era de fiar en los negocios.

–Simplemente creo que todo esto ha tomado proporciones exageradas. Erais muy buenos amigos.

–¿Qué es lo que esperas? ¿Que me disculpe y empecemos a jugar al golf juntos? Te aseguro que eso no va a ocurrir.

–No te estoy pidiendo que volváis a ser buenos amigos, simplemente que hagáis una tregua para que los dos podáis estar en la misma habitación sin que tratéis de mataros el uno al otro. Nada más. Aunque te estaría mintiendo si te dijera que no me alegraría que volvierais a ser amigos.

–Te estás engañando. Ese hombre es basura, Anna. No sé qué es lo que te ha contado para que te metas en su casa, pero estoy seguro de que tan solo está tratando de vengarse de mí. Tienes que dejar de actuar como una niña y alejarte de él inmediatamente antes de que te haga daño.

Anna se sentía ofendida a tantos niveles que ni siquiera sabía por dónde empezar.

–A veces creo que no quieres que sea feliz, Adam. Melanie y tú encontrasteis el modo, ¿sabes? No veo por qué no puedes tratar de hacer esto por mí. Por tu hermana.

–No pienso hacer nada para que mi hermana arruine su vida. Créeme, algún día me darás las gracias –le espetó. Con eso, volvió a abrir el ordenador y se puso a mirar la pantalla.

Anna se cruzó de brazos y de piernas. Mientras trataba de encontrar algo más que decir, no paraba de mover el pie que tenía en el aire.

–¿Algo más? –le preguntó Adam.

–No. No me voy a marchar hasta que terminemos de hablar esto. No me importa si tengo que quedarme aquí sentada todo el día. De hecho, puedo hacer mucho trabajo aquí sentada –añadió mientras se sacaba el teléfono móvil.

En ese momento, la voz de la asistente de Adam resonó por el interfono.

–¿Señor Langford?

–Sí.

–Siento interrumpirle, pero tengo una llamada muy urgente de Samuel Haskins. Dice que no puede esperar.

Anna hizo un gesto de desesperación. Sam Haskins era miembro de la junta directiva. Llevaba en la empresa desde antes de que Anna naciera.

–Pásame la llamada –dijo. Esperó unos instantes hasta que la voz de Haskins resonó al otro lado de la línea–. Sam, ¿qué puedo hacer por ti?

Después de unos segundos de conversación, Adam miró fijamente a Anna.

–Entonces, estábamos en lo cierto.

Anna no comprendía de qué hablaban ni lo que tenía que ver con ella. Sin embargo, su hermano no dejaba de mirarla fijamente.

Adam asintió. Tenía la ira reflejada en los ojos.

–Sí, por supuesto. Lo que creas que es mejor, pero, evidentemente, tenemos que pararlo. Ahora mismo. Limpiaré mi agenda y me pondré con ello inmediatamente –dijo. Entonces, miró su reloj–. Sí. Te veo dentro de una hora.

–¿Qué es lo que pasa? –preguntó Anna.

–Tu novio, Jacob, dirige un grupo de inversión secreto. Son los que están comprando las acciones de LangTel.

–¿De qué estás hablando? –replicó Anna–. Eso no puede ser verdad. Lo vi anoche.

–Jacob Lin y un grupo de peces gordos con mucho dinero están preparando una OPA hostil contra Lang-Tel. Él está tratando de destruir la empresa que construyó nuestro padre, Anna. Está tratando de destruir el modo de vida de nuestra familia.

–Eso no puede ser cierto –insistió Anna–. Voy a ir a hablar con él ahora mismo. Esto debe de ser un error.

–No lo es. Sam tiene las pruebas. Si estabas buscando evidencias que te demuestren que Jacob es basura, aquí las tienes.

Anna nunca había ido al despacho de Jacob, pero allí estaba, de pie delante del escritorio, con los ojos desorbitados y la respiración entrecortada. Parecía estar a punto de explotar. Menos mal que Jacob había guardado la bolsa de Tiffany's. Además, por el aspecto que ella tenía no parecía el momento apropiado para pedirle matrimonio.

–Voy a tener que llamarte más tarde –dijo Jacob por el teléfono. Colgó sin más preámbulo.

–Por favor, dime que no es cierto… –le espetó ella con el pánico reflejado en la voz.

–¿Qué es lo que quieres que diga que no es cierto?

–Lo de tú y tu grupo de inversores, Jacob. Te ruego que me digas que no es cierto. Por favor, dime que Adam se ha equivocado.

Jacob cerró los ojos y respiró profundamente. Su peor pesadilla se había hecho realidad. Sin embargo, no podía mentir.

–Por favor, deja que te explique…

Anna palideció.

–Dios mío… Es cierto… No me lo puedo creer.

¿Te acostaste conmigo para sacarme información sobre LangTel? Eso es precisamente lo que piensa Adam. ¿Ha sido todo esto una enorme mentira?

–No. Por supuesto que no. ¿Cómo has podido pensar eso? –le preguntó él. Rodeó inmediatamente el escritorio, pero ella le impidió que se acercara–. ¿Adam sabe lo nuestro?

–Sí, Jacob. Fui a verlo esta mañana para decírselo. ¿Y sabes por qué?

Jacob negó con la cabeza. No se imaginaba qué era lo que la había animado por fin a compartir lo que llevaban tanto tiempo ocultando.

–Porque odiaba tener que esconderme. Quería darnos una oportunidad. Una verdadera oportunidad. Y ahora descubro que tú estabas tratando de destruir la empresa de mi familia.

El dolor de la traición se reflejaba claramente en su rostro. Estaba temblando de la cabeza a los pies.

Jacob quería tomarla entre sus brazos y hacer que el problema que había creado desapareciera, pero no podía. Había cometido un grave error.

–¿Quieres hacer el favor de sentarte para que te lo pueda explicar todo?

–¿Y qué me podrías decir que me haga sentir mejor?

–Mira, ahora sé que no debería haber iniciado esto, pero la realidad es que ni en un millón de años me imaginé que nosotros empezaríamos una relación.

–Y habría sido muy incómodo tumbarte conmigo en la cama y susurrarme al oído que estabas tratando de absorber la empresa de mi padre.

Cada palabra que ella pronunciaba le clavaba un poco más profundamente el cuchillo en el corazón, pero Jacob no se atrevía a ni a moverse. Se lo merecía todo.

—La mañana después de que hiciéramos el amor, traté de pararlo todo. Eso fue lo que fui a hacer al garaje antes de que nos marcháramos de mi casa. Llamé a mi mejor amigo en el grupo para tratar de convencerme de que los parara.

—¿Y qué ocurrió? ¿Por qué seguís intentándolo?

—Yo no estoy intentando hacer nada. Me expulsaron. Ayer. Se cansaron de que yo quisiera parar a cualquier precio la absorción de LangTel.

—¿Significa eso que ya no los estás ayudando? ¿Que van a seguir adelante sin ti? —le preguntó ella. Entonces, suspiró y se puso a mirar por la ventana—. Esto empeora a cada minuto que pasa.

—Dicen que van a hacerlo. En realidad, no tengo manera de saberlo. Créeme. Me he estado quebrando la cabeza para tratar de encontrar un modo de detenerlo.

—¿Y cuál era el plan, Jacob? Dime el plan que tenías antes de que yo apareciera. Si quieres tener alguna oportunidad de redimirte ante mí de algún modo, cuéntame el plan.

—El plan era conseguir suficientes acciones para hacernos cargo de la junta directiva y echar a Adam de su puesto como presidente.

—¿Echar a Adam o echar al presidente?

—¿Hay alguna diferencia?

—Dentro de seis meses, la habrá.

Jacob estuvo a punto de soltar la carcajada ante su propia ingenuidad. Por supuesto. La junta directiva seguramente ya estaba tratando de deshacerse de Adam. No se le había ocurrido.

—¿Y ya han elegido al sucesor?

–Estás delante de ella.

De repente, el despacho comenzó a dar vueltas a su alrededor. ¿Anna? ¿Presidenta? ¿Qué había hecho?

–¿Tú?

–Sí. Yo. Mi padre me dio su bendición antes de morir, pero tuvieron que poner a Adam en mi lugar primero porque ese siempre había sido el plan. Yo voy a ser la próxima presidenta de LangTel. El trabajo de mis sueños. Ahora, no va a ser posible.

Maldición. Jacob había puesto en marcha un plan para arrebatarle el trabajo de sus sueños a la mujer que amaba.

–Por favor, déjame que encuentre una manera de arreglarlo.

—Acabas de decir que llevas más de un mes tratando de arreglarlo. ¿Cómo lo vas a conseguir ahora? ¿Por arte de magia? Y ahora, ¿cómo voy a confiar en ti? Llevamos juntos varias semanas y, desde el principio, sabía que había planes para desmantelar la empresa de mi familia. La empresa que mi padre se pasó décadas construyendo. Eras el mejor amigo de mi hermano, Jacob. Te alojaste en nuestra casa Y ahora quieres destruirnos.

–Nunca quise destruirte a ti. Nunca.

–Sí, bueno, tanto si era tu intención como si no, eso es exactamente lo que estás haciendo. Me estás destruyendo y yo no puedo quedarme de brazos cruzados y ver cómo lo haces. Por eso, no quiero volver a verte. Nunca –le espetó con voz temblorosa.

–Te amo, Anna. Te amo mucho más de lo que nunca hubiera pensado que fuera posible amar a alguien. Por favor, no hagas esto. Te necesito.

Un solitaria lágrima se le deslizó por la mejilla.

–¿Que me amas? ¿Y por qué has decidido decírmelo ahora? ¿Porque tienes que tratar de protegerte? ¿Por qué no pudiste decírmelo anoche, cuando te preparé la cena por tu cumpleaños y te canté una canción? ¿O tal vez cuando te conté la estúpida historia sobre mis ridículas cartas? ¿Tienes idea de lo traicionada que me siento ahora?

Jacob se sintió abrumado por su propia necesidad de tocarla, pero el lenguaje corporal de Anna le decía que ella lo mataría si daba un paso al frente.

–Tienes derecho a sentirte así. Cometí un grave error y lo siento mucho. Solo quiero que me des la oportunidad de enmendarlo.

–Lo siento, Jacob. No puedo darte ninguna otra oportunidad para nada. Nunca más.

–¿Y los sentimientos que tengo hacia ti? ¿Acaso no significan nada?

Anna se irguió y lo miró directamente a los ojos.

–En realidad, lo hubiera significado todo para mí si no me hubieras traicionado, porque yo también te amo. Ahora, tendré que encontrar el modo de desenamorarme de ti.

«Anna me ama». Jacob comprendió las repercusiones de su único acto de venganza. Estaba a punto de perder la única cosa, la única persona por la que de verdad sentía algo. Anna.

–En ese caso, no lo hagas. Dame la oportunidad de enmendarme.

–No puedo. Te adueñaste de mi amor y lo pisoteaste. Eso significa que hemos terminado.

Capítulo Doce

Optimismo. Anna habría hecho casi cualquier cosa para poder elaborar un pensamiento optimista mientras recorría los pasillos de LangTel para dirigirse a su despacho. La satisfacción que siempre había sentido por trabajar allí había desaparecido. LangTel estaba inmersa en una batalla de supervivencia contra una amenaza que era imposible de derrotar. Nadie sabía quién era el misterioso pez gordo y, por mucho que Anna y Adam trataban de averiguarlo, no conseguían prácticamente nada.

El hecho de que Anna se hubiera acostado con el enemigo solo conseguía que su vida fuera más triste. Por suerte, Adam había sido bastante discreto sobre ese hecho, aunque el día de Acción de Gracias había sido bastante tenso. Anna rezó para que él no le dijera nada a su madre. Ya era bastante triste que Evelyn se tuviera que enterar de la amenaza de absorción como para saber más detalles. Por si todo esto fuera poco, su puesto como presidenta parecía más lejano que nunca…

La asistente persona de Anna entró en el despacho con una taza de café.

—Antes de que se me olvide. La señorita Louis estaba buscándola.

Anna miró su reloj.

—¿Puede llamarla y decirle que ahora es buen momento?

–Por supuesto.

Carrie se marchó del despacho y cerró la puerta. Anna abrió el periódico que tenía sobre la mesa y se quedó de piedra al ver el titular. Sunny Side había vendido a una empresa de telecomunicaciones rival.

Rápidamente ojeó el artículo con una mezcla de ira y tristeza. Decía que la venta había sido preparada por Jacob. Menuda mentira lo del retraso de la patente. Otra de sus mentiras... Le había confiado sus esperanzas en los negocios aparte de su corazón y de su cuerpo. Menudo canalla. Justo cuando no podía haberla traicionado de un modo más ladino, tenía que ir y clavarle un cuchillo por la espalda Primero había tratado de destruir a su familia y luego le había arrebatado un prometedor acuerdo financiero.

Evidentemente, Jacob había seguido con su vida sin problemas. No había tenido noticias suyas desde que rompieron. Anna se había pasado las noches enteras despierta, preguntándose por qué todo le había salido tan mal. Todo parecía una broma, un giro trágico del destino.

Holly llamó a la puerta.

–Carrie me dijo que podía venir a verte.

Anna apartó el periódico y trató de recuperar la compostura.

–Sí, claro. ¿Qué es lo que ocurre?

–Quería preguntarte si puedes asistir a mi reunión mañana por la mañana. Todo el mundo parecer reaccionar mejor a las malas noticias cuando tú estás en la habitación... –le dejó una magdalena sobre la mesa–. Te he traído el desayuno para que no puedas negarte.

–Muchas gracias, pero no tengo mucha hambre esta mañana.

–¿Te encuentras bien hoy? Pareces un poco pálida.

–Estoy bien. Tan solo un poco cansada.

–Sí, a mí me pasa lo mismo. Me va a venir la regla y me encuentro peor que nunca.

La regla. Un pensamiento hizo que a Anna le recorriera un escalofrío por la espalda. ¿Cuándo fue la última vez que había tenido la regla? ¿Miami? Aquello había sido hacía dos meses.

–Entonces, ¿cuento contigo para esta reunión? Por favor, dime que sí –insistió Holly mientras pestañeaba y sonreía para convencerla.

–Claro que sí.

Anna estaba distraída por la nueva dirección que habían tomado sus pensamientos. En cuanto Holly se marchó, sacó su teléfono móvil para comprobar la fecha exacta en el calendario. Tenía un retraso de cuarenta y dos días.

–Nunca se me retrasa –musitó en voz baja.

Entonces, se pellizcó la nariz. No podía ser. Sacudió la cabeza y descartó rápidamente el pensamiento. Era una tontería. No podía estar embarazada. Tenía que ser el estrés vivido en las últimas semanas. Respiró profundamente y decidió ponerse a trabajar.

Media hora más tarde, el estómago le empezó a protestar. Debería haberse tomado la magdalena que le ofreció Holly. Acercó la silla hacia el archivador en el que Carrie guardaba algunas cosas para picar. Le pareció que una barra de proteínas sería una buena opción, pero en el momento en el que la abrió y olió el chocolate y la mantequilla de cacahuete, sintió que el estómago se le revolvía.

Recogió rápidamente sus cosas y salió del despacho. Tras informar a Carrie de que se marchaba porque no se encontraba bien, pidió a uno de los chóferes de la empresa que la llevara a su casa y que de camino se detuviera en una farmacia.

Entró rápidamente y buscó un analgésico y sal de frutas. ¿Y si estaba embarazada? El médico le había dicho que era prácticamente imposible, pero no que no tuviera ninguna posibilidad.

Fue buscar una prueba de embarazo al tiempo que se reprendía por ceder aquellos pensamientos tan ridículos.

Cuando llegó a casa, se quitó el abrigo. Durante el trayecto a casa había decidido que, efectivamente, lo mejor era hacerse la prueba para quedarse ya tranquila.

Hizo exactamente lo que indicaban las instrucciones y, tras mirar el reloj de su teléfono, esperó los cinco minutos correspondientes. Hora de comprobar los resultados.

Dos líneas azules.

Agarró rápidamente las instrucciones. Tardó unos segundos en darse cuenta de que las estaba leyendo en español. Dio la vuelta al papel.

—Dos líneas azules, dos líneas azules… —murmuró mientras escaneaba la página.

Dos líneas azules. Embarazada.

El cuarto de baño parecía dar vueltas a su alrededor. Volvió a mirar las dos líneas azules. Era imposible. Volvió a consultar las instrucciones. Decían claramente que un falso negativo era mucho más probable que un falso positivo.

«¿Qué puedo hacer? ¿A quién se lo digo?». A su madre no. Tampoco podía llamar a Melanie. La adoraba, pero ella se lo contaría a Adam. La única candidata era Holly.

El teléfono de su amiga pareció sonar una eternidad.

–¿Puedes hablar sin que nadie te oiga?

–Un segundo. Deja que cierre la puerta de mi despacho –dijo Holly–. Está bien. Habla. ¿Has tenido noticias de ya sabes quién?

–No… Estoy embarazada –anunció. No escuchó nada al otro lado de la línea telefónica–. ¿Holly? ¿Estás ahí?

–Te vi hace dos horas. ¿Qué diablos ha ocurrido desde entonces?

–Hasta que no mencionaste lo de la regla, no me di cuenta de que no me había venido el periodo. Por eso, me vine a casa y me hice una prueba de embarazo.

–¿Y por qué no me lo dijiste? Te habría acompañado.

–Porque estaba segura de que era una estupidez…

–¿Y sabes quién es el padre?

–Probablemente, él va a ser la razón por la que LangTel va a ser absorbida. No podía pasar eso por alto.

–No, supongo que no.

–¿Y qué hago ahora?

–Tienes que decírselo a Jacob.

–¿Y cómo? ¿Me voy a su despacho y le digo que sigo pensando que es un canalla, pero que estoy embarazada de él?

Anna tuvo que admitir que Holly tenía razón. Tendría que explicar por qué tenía un bebé y, antes de eso, por qué estaba embarazada

–Se lo tendré que decir también a mi familia, ¿no?

–Supongo…

Anna se echó a reír.

–¿Sabes lo más ridículo de esta situación? Que ahora debería estar muy contenta. Yo quiero tener un hijo.

Fui a una clínica de fertilidad después de que mi padre falleciera.

—¿De verdad, Anna?

—Fue entonces cuando me dijeron que tenía tanto tejido cicatrizado de mi operación de apéndice que era prácticamente imposible concebir hasta que me lo quitaran. No me dio tiempo a que me realizaran la operación.

—Eso es un milagro, Anna. Yo no soy exactamente muy sentimental, pero piénsalo. Es muy especial. Tal vez esto tenía que ocurrir. Por la razón que fuera, el universo decidió que tú necesitabas este hijo.

Los ojos de Anna se llenaron de lágrimas. Un bebé milagro.

—Ya no sé lo que pensar, pero puede que haya una razón para que esto haya ocurrido.

—¿Cuándo se lo vas a decir a Jacob?

—¿Es que no puedo esperar hasta que haya ido al médico? Tal vez hasta el final del tercer trimestre, por si acaso algo sale mal. El médico me dijo que el tejido cicatrizado podría hacer que resultara difícil llevar a cabo un embarazo.

—Tienes que decírselo a Jacob, cielo –insistió Holly–. No hay peros. Él se merece saberlo y se merece saberlo ya. Todo lo malo que haya hecho en el pasado no cambia el hecho de que, entre los dos, habéis hecho un bebé.

Capítulo Trece

Jacob se estaba ahogando en el silencio de su apartamento, pero no tenía energía para ir al despacho. La vida sin Anna era muy difícil. Cada vez más.

Cuando por fin lo consiguió, se reclinó sobre la silla de su escritorio y se frotó el cuello. Ya no disfrutaba con su trabajo, todo lo que hacía le parecía algo vacío. Todas las noches antes de irse a la cama, miraba el anillo de compromiso que había comprado para Anna. A pesar de tanto dolor, aún albergaba esperanzas de poder parar la absorción de LangTel y poder recuperarla.

El teléfono comenzó a vibrar en el escritorio. Cuando miró la pantalla, se quedó completamente atónito. Era Anna.

El corazón se le sobresaltó. ¿Por qué le estaba llamando? No quería hacerse esperanzas, pero esperaba sinceramente que la llamada se debiera a algo personal.

–Hola –dijo.

–Hola –replicó ella.

–¿Cómo estás? –le preguntó él. Decidió que lo mejor era llevar la conversación por los derroteros más convencionales.

–He estado mejor. Tengo que hablar contigo y probablemente no deberíamos hacerlo por teléfono. De hecho, sé que no deberíamos.

–Está bien. ¿Quieres indicarme de qué se trata?

En realidad, a Jacob no le importaba que se reunieran para que ella le gritara con tal de verla. Haría cualquier cosa por volver a estar con ella. Aunque fuera doloroso. Ya le dolía más de lo que podía haber imaginado.

—Jacob, simplemente necesito hablar contigo, ¿de acuerdo? No puedo decirlo por teléfono.

—Sí, por supuesto. Iré a verte. ¿Estás en tu despacho?

—No. En casa.

Jacob frunció el ceño. Anna nunca faltaba a su trabajo. ¿Acaso lo había dejado por otra pelea con Adam? Nada tenía sentido. Tal vez estaba dispuesta a reconciliarse con él…

—Voy ahora mismo.

El trayecto en coche fue una lección de paciencia. La curiosidad estaba a punto de acabar con él y se negaba a acallar sus esperanzas por mucho que supiera que no era muy aconsejable. No podía evitarlo. Esperaba que ella hubiera reconsiderado su postura.

Anna había dejado recado con el portero, por lo que Jacob se limitó a tomar el ascensor para subir a la planta en la que se encontraba su apartamento.

—Hola —dijo ella cuando abrió la puerta.

Ver a Anna lo golpeó con la misma fuerza de una avalancha. Estaba muy pálida y tenía los ojos enrojecidos e hinchados. Había estado llorando. Fuera aquello lo que fuera, era algo malo. Ella lo condujo a la cocina. De repente, le pareció que no había ningún otro sitio en el que prefiriera estar a pesar de que ella se mantuvo de pie y con los brazos cruzados, interponiendo así una barrera entre ambos.

—No quiero darte más largas de las que ya te he dado hasta ahora —dijo ella mientras sorbía por la nariz—. Estoy embarazada y tú eres la única persona que puede ser el padre.

—¿Embarazada?

—Sí, Jacob. Embarazada.

Él trató de mantenerse tranquilo en el exterior, pero su mente estaba atenazada por un remolino de pensamientos contradictorios.

¿Se trataría de alguna especie de truco?

—Creí que dijiste que no te podías quedar embarazada.

—Eso era lo que pensaba. El médico me dijo que era virtualmente imposible que yo concibiera.

—¿Virtualmente? Entonces, ¿no era completamente imposible? Tú me dijiste que era imposible.

—¿Virtualmente? ¿Completamente? ¿De verdad importa la diferencia? Tal vez tú tienes esperma de superhéroe. No lo sé. No des por sentado que esto es culpa mía. Y recuerda que estábamos los dos. No es que yo fuera e hiciera esto sola.

Esperma de superhéroe. Su ego no iba a refutar aquel comentario. Abrió la boca para decir algo y seguir con la conversación, pero calló. Una cosa que le había hecho alcanzar el éxito en los negocios era su capacidad para aceptar los hechos y enfrentarse a los problemas más que enterrar la cabeza en la arena. Un embarazo. Un bebé. Eso era un hecho.

Siempre se había asegurado que nunca tendría hijos después del modo en el que sus padres le habían criado, de internado en internado dependiendo de la opinión de su padre sobre si el nivel del colegio era el adecuado o no. Su padre nunca dejaba de presionarle ni le inculcaba ninguna habilidad que no fuera académica, a excepción tal vez de los años que se había visto obligado a tocar el piano, cuando en realidad lo que él quería aprender era a tocar la guitarra.

¿Tenía en su ADN la capacidad de ser cariñoso y protector, tal y como debería serlo un padre? No lo creía. Sin embargo, su progenitor le había dado una mente privilegia para los negocios. Nada más. Ese era el legado de Henry Lin. Había moldeado a su hijo a su imagen y semejanza y le había dicho cientos de veces que se esperaba de él que siguiera siendo así. Jacob lo había hecho durante la mayor parte de su vida. Después de todo, era excepcional a la hora de hacer exactamente lo que hacía su padre: ganar dinero. Tenía casas, coches y cuentas bancarias que lo demostraban. Pero Jacob no quería repetir el mismo error de su padre: tener descendencia.

—Jacob, ¿me estás escuchando? ¿Vas a decir algo? —le preguntó Anna.

Él sacudió la cabeza y se mesó el cabello.

—Lo siento. Es que jamás pensé que tendría un hijo. Esto es demasiado para que pueda asimilarlo de una vez.

Anna se quedó boquiabierta.

—¿Que es mucho para que puedas asimilarlo de una vez? ¿Por qué no le preguntas a la persona que tuvo que hacerse la prueba de embarazo a ver cómo se siente con todo esto? Tendría que haberme imaginado que esto ni siquiera te importaría. Solo te importan el dinero y el orgullo y tus estúpidas motos. Nada más. Evidentemente, el hombre que decidió que no importaba destruir a mi familia no puede tener interés alguno sobre el hecho de que vaya a ser padre. Adiós, Jacob. Que tengas una buena vida. No me hagas llamar al portero para pedirle que suba.

Con eso, se dio la vuelta y salió de la cocina.

Jacob salió tras ella por el pasillo y le agarró el brazo justo antes de que ella entrara por la puerta de su dormitorio.

—Anna, para.

Ella se volvió, pero no le miró a los ojos.

—Déjame ir, Jacob. Déjame ir.

Jacob no quería dejarla ir. Se había pasado las últimas semanas echándola de menos desesperadamente.

—Lo siento. De verdad. Dime qué puedo hacer.

Ella contuvo el aliento.

—No necesito que hagas nada, ¿de acuerdo? Soy una mujer hecha y derecha y puedo ocuparme sola de este asunto. Evidentemente, es mucho más de lo que tú estás preparado para afrontar, así que no te preocupes. Tendré todo el apoyo que necesite por parte de mi familia. El bebé y yo estaremos bien.

De repente, una visión se materializó ante los ojos de Jacob. Anna y un bebé. El bebé. Su bebé. ¿Podría seguir con su vida sabiendo que los dos seguían con su vida sin él? ¿En qué clase de hombre lo convertía eso? Peor aún que su padre.

—No, Anna. No te vas a ocupar sola de esto. Te ayudaré con lo que el bebé y tú podáis necesitar.

—No quiero que hagas esto por obligación. No es lo que quiero.

—Bueno, por supuesto en parte es eso. ¿Cómo no? Esto es mi responsabilidad tanto como la tuya. Solo porque tú tengas al bebé dentro no significa que yo no tengo que compartir la carga igualmente.

—¿La carga?¿Es así como lo ves? Si vas a utilizar esa clase de palabras, no te quiero cerca de mí. Necesito apoyo. Mi vida entera se ha hecho pedazos en el último año. He perdido a mi padre. Probablemente he perdido también el trabajo de mis sueños y no te olvides de que la empresa de mi familia está en serio peligro, en parte gracias a ti. ¿Cómo va a funcionar esto, Jacob? ¿Cómo vamos a poder ser felices cuando mi familia te odia y tú los odias a ellos?

—Yo no odio a tu familia, Anna. Tu hermano y tu familia no son lo mismo. Tenía unos sentimientos muy profundos hacia ti, mucho más de lo que yo hubiera anticipado. Te dije que estaba enamorado de ti y lo decía en serio. Eso no ha desaparecido.

—Claro que ha desaparecido. Me mentiste.

—Te oculté la verdad. Para protegerte. No podía ponerte en medio del lío que había creado. No sé por qué no te puedes dar cuenta.

—No quiero discutir sobre semántica. Simplemente te estoy diciendo cómo me siento. Eso no ha cambiado.

—Está bien. Lo entiendo. Sea como sea, no me voy a alejar de ti ni del bebé. Estoy a tu lado.

¿De verdad acababa de decir eso?

—Espero que te des cuenta de que esto no es un juego. No estamos jugando.

—Por supuesto que lo sé. No soy idiota.

—Lo único que necesito saber es que estás seguro. Esto es todo o nada. No puedes cambiar de opinión más tarde.

—No voy a cambiar de opinión.

—Ni siquiera sabemos lo que va a ocurrir. El médico no solo me dijo que no podía concebir, sino que sería casi imposible que yo pudiera llevar un embarazo a término.

—Lo comprendo… Eso no cambia el hecho de que es mío y eso significa que participaré en todo.

Ella suspiró y se giró para mirar a Jacob. Resultaba imposible creer que una personita estuviera creciendo en el interior de su vientre, la mitad de ella y la mitad de él.

—Entonces, para que quede claro, esto no significa que volvamos a estar juntos —afirmó ella—. Tendremos que trabajar en los detalles cuando llegue el momento, pero nuestra asociación se centra en el bebé. Nada más.

Jacob no dijo nada. Se lo merecía. Había cometido un error y su castigo era que no podría haber reconciliación con Anna, la mujer a la que amaba.

—Está claro. Tú eres la que manda.

Ella miró al suelo un instante. Cuando volvió a mirar a Jacob, él se dio cuenta de lo asustada que estaba.

—Está bien. Si quieres formar parte de todo esto, puedes empezar acompañándome a mi primera cita médica. El jueves a las diez de la mañana.

Jacob tenía una importante reunión aquella mañana sobre un acuerdo financiero en el que llevaba meses trabajando.

—Por supuesto. Ahí estaré.

Capítulo Catorce

Hospitales. Con solo poner el pie en uno, Anna recordaba a su padre y los meses que se había pasado luchando, entrando y saliendo de la unidad de oncología, recibiendo tratamientos en los que ponían muchas esperanzas para terminar perdiendo. No estaba segura de que pudiera afrontar otra pérdida como esa, y ya estaba tan esperanzada con la idea del bebé…

–Vamos a la sexta planta –dijo Anna señalando los ascensores que tenían justo delante.

Cuando los médicos se dieron cuenta de la seriedad del caso de Anna, trasladaron las primeras citas al hospital. Querían que viera a un especialista en embarazos de alto riesgo. El hecho de tener más cuidados de lo habitual le daba tranquilidad, pero también le habría gustado no necesitar ningún tipo de cuidado.

Jacob le cedió el paso en el ascensor. Se mostraba tan caballeroso como siempre, pero Anna se sentía triste. Llevaba las manos en los bolsillos del abrigo. Le habría gustado tanto que él le diera la mano y se la apretara con fuerza para darle ánimos como haría una verdadera pareja. Sin embargo, era un padre a la fuerza.

Llegaron a la planta y, tras encontrar la sala que les correspondía, una enfermera les dijo que tomaran asiento. Un hombre que estaba sentado frente a ellos sacó un sándwich y empezó a comérselo. A Anna el olor le resultó insoportable. Se giró hacia Adam y apretó la mejilla y la nariz contra la suave lana negra de su abrigo.

—¿Te encuentras bien? —le preguntó él acercando la cabeza a la de ella. Cuando Anna levantó el rostro, las narices de ambos estaban a pocos centímetros.

Anna se vio atrapada en la fiera intensidad de aquellos ojos oscuros. ¿Por qué seguía teniendo unos sentimientos tan fuertes hacia él? La situación sería mucho más fácil si ella no siguiera deseándole.

—Es el olor de ese bocadillo…

Jacob se puso de pie inmediatamente y agarró a Anna de la mano.

—Vamos —le dijo mientras tiraba de ella hasta el mostrador de recepción—. Sí, perdone. Mi esposa está sintiendo náuseas. Creo que se sentiría mejor si pudiéramos estar solos en la sala de exploración.

—¿Tu esposa? —susurró Anna.

—La enfermera saldrá en cualquier momento. No tardarán mucho más.

—No importa. No ocurre nada.

—Está incómoda —insistió Jacob—. Tiene usted que ayudarme a solucionar esta situación.

La recepcionista lo miró con reprobación.

—Como le he dicho, señor, tan solo será un momento más.

—Lo entiendo, pero me está matando literalmente ver cómo mi esposa embarazada sufre. Así que, si pudiera encontrarnos un lugar en el que acomodarnos, le estaría muy agradecido.

—Está bien, señor…—dijo, dudando un instante. Entonces, tomó un expediente—. Señor Langford.

Anna pensó que Jacob iba a explotar, pero Jacob se lo tomó muy bien.

–Soy el señor Lin. Ella es la señorita Langford.

–Ah, sí. Por supuesto –dijo la recepcionista tomando el teléfono–. Serán dos segundos.

Una enfermera salió rápidamente de una consulta y los llevó a una sala privada.

–El médico querrá hablar con usted en primer lugar y luego realizar un examen pélvico. Puede ponerse una bata cuando le haya tomado la tensión y la temperatura.

Tras hacerle las pruebas, la enfermera volvió a salir.

–No tenías que protestar. Te lo agradezco, pero te ruego que no digas que soy tu esposa –dijo Anna.

–¿Habrías preferido que te identificara como la mujer a la que he dejado embarazada? Y no te olvides que mi trabajo es cuidar de ti.

Jacob se quitó el abrigo y lo colgó. Luego hizo lo mismo con el de Anna.

–Tu trabajo es ayudarme con el bebé cuando llegue el momento. Si llega.

–Tú llevas a ese bebé en tus entrañas. Además, no me gusta verte sufrir. Me resulta físicamente doloroso.

Comentarios de ese tipo le hacían preguntarse si había cometido un error al decírselo. El bebé no era una manera de que Jacob volviera a ocupar un lugar en su corazón. Tenía que protegerse de él todo lo que pudiera, aunque con el bebé estarían atados ya para toda la vida. Incluso si el bebé no llegaba, sería imposible escapar al hecho de que ellos habían compartido algo tan importante. Ya nunca podría olvidarle.

–Tengo que cambiarme. ¿Podrías salir al pasillo?

–He visto cada centímetro de tu cuerpo. Probablemente le podría decir al médico unas cuantas cosas. No te preocupes, que no te miraré fijamente… Demasiado.

–De eso ni hablar. Cierra los ojos ahora mismo.

–Está bien…

Jacob hizo lo que ella le había pedido. Anna se cambió en tiempo récord y luego se subió a la mesa de examen y se cubrió las piernas desnudas con la sábana.

–Ya puedes abrir los ojos.

Jacob se cruzó de piernas y le dedicó una mirada demasiado familiar.

–La próxima vez pienso mirar.

–La próxima vez te quedarás en el pasillo. Y espero que te coloques al otro lado de la sala mientras me estén examinando.

En ese instante, alguien llamó a la puerta y entró una esbelta mujer con una bata blanca.

–Señorita Langford –dijo mientras estrechaba la mano de Anna–. Soy la doctora Wright. Me alegro mucho de conocerla –añadió. Entonces se volvió para mirar a Jacob–. Supongo que será usted el papá.

Jacob se aclaró la garganta. Parecía incómodo.

–Jacob Lin.

La doctora Wright comenzó a estudiar todos los datos. Después de unos minutos, cerró la carpeta y se puso de pie.

–Está bien, señorita Langford. Vamos a echarla un vistazo.

Anna se tumbó en la camilla para que la doctora pudiera comenzar el examen. Cuando la doctora completó la exploración, la ayudó a incorporarse.

–Voy a ser sincera con los dos. Es una situación muy complicada. He visto las imágenes de la ecografía que le hizo el médico de la clínica de fertilidad. No puedo entender cómo se ha podido quedar embarazada. Ahora, nuestra esperanza es que sea un bebé fuerte como su padre y que crezca de tal modo que el tejido no tenga más remedio que dejarle paso. Lo peor que puede ocurrir es que el bebé se coloque en un mal sitio, que el cordón umbilical quede apretado o que el bebé simplemente no sea capaz de crecer. Sea como sea, tendremos que vigilarla muy estrechamente. Lo más probable hubiera sido que el embarazo ni siquiera se hubiera manifestado. Por los datos que ha proporcionado, creo que está usted de casi ocho semanas, lo que es bueno. Necesito que preste atención a las pérdidas y que nos llame si esto ocurriera.

–Está bien –susurró Anna.

–Doctora Wright –dijo Jacob acercándose un poco más–. Me gustaría que me dijera cuántos casos ha llevado como el de Anna y cómo han terminado. Quiero asegurarme de que Anna y el bebé tienen lo mejor de lo mejor.

–No conozco el número exacto, señor Lin, pero le aseguro que he tratado muchos casos como este. Sé lo que estoy haciendo. Si quiere pedir una segunda opinión, mi enfermera le proporcionará los contactos.

Anna se sintió muy avergonzada.

–No, Jacob. La doctora Wright tiene unas credenciales excepcionales.

–Y yo sería un mal padre si no hubiera hecho esa pregunta.

–Si hay algo que le preocupa –dijo la doctora Wright–, podemos hablar al respecto en otra ocasión. No queremos que Anna se disguste o que experimente estrés alguno. No es bueno ni para ella ni para el bebé.

–Está bien –afirmó él–. Nada de estrés.

–Eso es lo más importante. Evítelo a cualquier coste. El sexo puede ayudar, dado que suele ayudar a aliviar el estrés –concluyó la doctora.

Jacob tosió.

—¿Has oído eso, cielo? –le preguntó él con picardía.

Anna frunció los labios. Primero lo de la esposa y ahora aquello.

—¿Es seguro para el bebé? –preguntó.

—En realidad, sí. El bebé es tan pequeño... Ahora, veamos si podemos escuchar los latidos del corazón –anunció la doctora mientras sacaba un instrumento parecido a un pequeño micrófono de un cajón–. Túmbese. Le voy a poner un poco de gel porque nos ayudará a escuchar el sonido.

Lo primero que se escuchó fue un ruido parecido al de una radio cuando trata de sintonizar las emisoras. La doctora fue moviendo el pequeño micrófono sobre el vientre de Anna. Tan solo se escuchaban más ruidos estáticos. De repente, se oyó un sonido acuático, parecido al de las olas cuando golpean las rocas de la playa y entonces... Bum-bum-bum. Asintió muy contenta.

—Ahí tienen a su hijo.

Jacob contuvo el aliento. Bum-bum-bum. Jamás se había sentido tan abrumado por el asombro y la alegría. De repente, comprendió que el bebé no era una idea abstracta y no le preocupó. Era la vida que Anna y él habían creado. Un pequeño ser humano cuyo corazón latía con fuerza. Jamás se había sentido tan afectado por un sonido. Anna lo necesitaba. Aquella vida que habían creado juntos lo necesitaba. No defraudaría a ninguno de los dos.

Anna lo miró con los ojos llenos de asombro.

—Nuestro bebé... –musitó.

—Es increíble... –susurró él mientras le apretaba suavemente la mano. Ella no protestó, lo que le pareció un verdadero regalo–. ¿Cuándo podremos verlo?

—Les daremos cita para una ecografía la semana que viene. Me gustaría hacer algunas imágenes en 3D. En estos momentos, el bebé parece un cacahuete con una frente muy grande.

Jacob se preguntó si su propio padre había estado tan implicado cuando su madre estaba embarazada de él. No lo creía. Peor para él. No sabía lo que se había perdido. Además, estaba con Anna. Si pudiera convencerla para que dejara de mantenerlo a raya y le permitiera volver a tener acceso a su corazón…

La doctora apartó el monitor y le limpió el vientre a Anna.

—¿Dónde puedo comprar uno de esos? —preguntó Jacob. Poder escuchar los latidos del corazón del bebé cuando quisieran sería maravilloso.

—Hay algunos baratos que no funcionan muy bien. Los buenos cuestan unos seiscientos o setecientos dólares.

—Pues nos compraremos uno. ¿Puede pedírmelo su enfermera?

—Es un gasto muy grande para algo que solo usará otros seis meses…

—¿Y acaso cree que me preocupa?

La doctora sonrió. Entonces, después de recordarle a Anna que estuviera pendiente de las pérdidas y prometerles que volverían a hablar después de la ecografía, se marchó.

Después de que salieran del hospital para encontrarse con el frío día de diciembre, Jacob aún podía escuchar aquellos latidos. La situación era difícil, aunque él estaba dispuesto a luchar por los tres. No había esperado encontrarse así antes de aquella visita, pero aquellos latidos lo habían cambiado todo.

Capítulo Quince

—¿Te encuentras bien? —le preguntó Jacob mientras la limusina recorría Lexington Avenue para llegar al apartamento de Anna.

Anna no estaba bien. Quería estarlo, pero no hacía más que pensar en los problemas médicos que tenían que afrontar.

—Anna… Dime algo. No pasa nada porque estés disgustada por la cita. Lo comprendo —comentó él mientras le colocaba la mano en el hombro.

Ella cerró los ojos durante un instante, tratando de no pensar en el tacto de Jacob, que notaba incluso a través del grueso abrigo de invierno. Se preguntó si podría contar con él de verdad. Se volvió para mirarlo conteniendo a duras penas las lágrimas.

—¿De verdad, Jacob? ¿De verdad lo comprendes? Porque tu hijo está dentro de mí y tú mismo me has confesado que jamás pensaste que serías padre.

—Es cierto, y me siento como un necio por haberlo pensado siquiera. En el momento en el que escuché el latido del bebé, todo cambió. Lo entiendo. De verdad.

Anna se reclinó y bajó los ojos. No quería mirarlo. No hacía más que preguntarse si aquel entusiasmo se esfumaría con el tiempo…

—Para mí también pero, en cierto modo, me he asustado aún más. Si lo perdemos, me voy a sentir destrozada… Lo voy a querer más a cada minuto que pase…

–Ven aquí… –dijo él mientras la abrazaba tierna-
mente–. Te prometo que todo va a salir bien.

Una parte de ella quería aceptar todo lo que él le decía. Entre los brazos de Jacob se sentía tan bien… Quería que todo volviera a ser como había sido antes, antes
de que él la traicionara. ¿Podría encontrar el modo de
perdonarlo?

–No me prometas que todo va a salir bien. Ni el
dinero ni el hecho de que crucemos los dedos va a hacer todo salga bien. Tendremos que esperar y ver qué
ocurre y eso va a terminar conmigo… Va a resultar tan
duro…

–Estás en manos de una excelente doctora. Estás en
las mejores manos posibles.

–Pues eso no es lo que has insinuado en la consulta. ¿En qué demonios estabas pensando? –le preguntó
mientras se apartaba de él para mirarlo.

–Quiero lo mejor para el bebé y para ti. No puedes
culparme de eso. Alguien tiene que realizar las preguntas difíciles.

–Te juro que no escogí a esa doctora al azar. En ocasiones, Adam y tú os parecéis tanto… Ninguno de los
dos confía en que yo haga lo correcto.

–Eso no es cierto. Yo confío en ti y estoy seguro de
que tu hermano también. Simplemente ha pasado por
una mala racha desde que tu padre murió.

–Ahora parece casi que le defiendes… Eso sí que
sería raro…

–Tan solo estoy recordándote que Adam es un hombre inteligente. Tendría que ser un idiota para no ver lo
maravillosa que eres.

–Venga ya…

–Anna, estoy siendo totalmente sincero –le aseguró

él–. ¿No podemos ser sinceros el uno con el otro? Después de todo por lo que hemos pasado y con todo lo que nos queda por pasar, creo que lo mejor es que seamos sinceros el uno con el otro.

–Qué irónico viniendo de ti…

–Te estaba protegiendo.

–¿Protegiéndome? Puedes decirte a ti mismo todo lo que quieras, pero no fue así como me parecía.

En ese momento, el chófer aparcó el coche frente al edificio de Anna y salió para abrirle la puerta. Ella ni siquiera pudo mirar a Jacob para decirle adiós. Le habría resultado demasiado difícil cuando estaba tratando de asimilar demasiados sentimientos. Sería tan fácil para él mirarla de una cierta manera para que ella cediera irremediablemente, deseando abrazarse a él y dejar que él hiciera exactamente lo que le había prometido: protegerla.

–Te llamaré cuando me den cita para la ecografía.

Jacob jamás se había sentido más intranquilo. Anna estaba disgustada. No debería irse a su casa sola.

–Déjame entrar un minuto. Deberíamos hablar.

–Estoy cansada de hablar. ¿No tienes que ir al despacho?

–En este momento, tú eres mucho más importante.

Anna sacudió la cabeza. Parecía incluso más enojada.

–Bien.

Entraron en el edificio y tomaron el ascensor. A él le gustaba sentirse así, casi como si volvieran a ser una pareja, aunque ella estuviera furiosa con él. ¿Qué le haría falta a Anna para querer recuperarlo? Muchas cosas. Garantía absoluta de que LangTel estaba a salvo de una posible absorción y una reconciliación con su hermano.

–¿De verdad quieres entrar? –le preguntó ella cuando llegaron a su plata. Tenía un tono gélido en la voz.

–Sí –afirmó él. Decidió que, a pesar de que no quería disgustarla, tal vez había llegado el momento de que Anna dijera lo que tuviera que decir para que pudieran progresar–. Anna, ¿quieres decirme lo que puedo hacer para que esto mejore? En estos momentos, me siento como si estuviera en medio de un campo de minas.

Ella frunció los labios.

–Se supone que debo permanecer tranquila.

–Se supone que debes evitar el estrés. Estar con tanta ira dentro no es bueno. Debes dejarla salir. Decirme lo que me tengas que decir.

–¿Aquí? ¿Ahora mismo?

–No hay mejor momento que este –respondió él. Se quitó el abrigo y lo dejó encima de una silla del salón. Estaba preparado para que ella empezara a gritar hasta que se lo sacara todo de dentro–. Como te he dicho, dime todo lo que me tengas que decir. Todo.

–No quiero revivir nuestros problemas. No es que no sepas ya cómo me siento. Lo que me preocupa más que nada es lo ocurrido después de que rompí contigo.

Jacob frunció el ceño.

–¿Lo de Sunny Side? Mark encontró un comprador con el que quería trabajar. No quise que eso te hiciera daño.

–No es eso, sino que no me lo dijiste tú. No luchaste. Simplemente lo aceptaste y seguiste con tu vida. No luchaste por mí. Eso me ha dolido más que nada.

Dios santo… Si Anna supiera… No sabía cómo era

posible que se hubiera sentido así. Nunca antes se había sentido tan triste, tan vacío. Se había pasado noches enteras mirando el anillo de compromiso que no sabía si podría darle a Anna sin que ella se lo arrojara a la cara.

—Claro que luché por ti, pero ha sido en la sombra. He estado tratando de averiguar quién es el inversor secreto de LangTel.

—¿Ves? Habría estado bien saber, al menos, que lo estabas intentando…

—¿Qué clase de hombre sería si hubiera acudido a ti con promesas a medio cumplir? Intentar y hacer algo son cosas muy diferentes. Después de todo lo que hice, te mereces mucho más que eso.

Anna se sentó en el sofá sumida en sus pensamientos. Jacob se preguntó si, por fin, estaba consiguiendo algo. Tenía que seguir.

—Anna, cariño, quiero recuperarte. Creo que lo sabes. Mis sentimientos hacia ti no desaparecieron cuando me dijiste que habías terminado conmigo. Sigo amándote… Y ahora más que nunca.

Ella levantó la cabeza muy lentamente. Tenía la frente arrugada de preocupación.

—Por el bebé.

—En parte sí, por supuesto. Pero no hay manera de separar las dos cosas. Mi amor hacia ti existía antes de que te quedaras embarazada y seguirá estando ahí siempre. Y yo también.

—Eso me lo dices ahora porque acabas de escuchar los latidos del corazón del bebé, por la excitación del momento. ¿Cómo te vas a sentir cuando tengamos que enfrentarnos a mi familia? ¿Cómo te vas a sentir si perdemos el bebé?

–¿Sientes algo por mí?

Anna lo miró.

–Una parte de mí, sí. Otra parte quiere pegarte un puñetazo por lo que has hecho, Resulta muy duro para mí confiar en ti. Cuando recuerdo el tiempo que pasamos juntos, en lo único en lo que puedo pensar es en que me estabas ocultando cosas. Resulta duro superar eso.

–En ese caso, tal vez nos tengamos que esforzar un poco más. Te diré que lo siento hasta que me quede sin aliento, pero también tuvimos buenos momentos. Momentos espectaculares, en los que me parecía que éramos los únicos sobre el planeta. No renuncies a los buenos recuerdos. Podemos hacer muchos más –dijo Jacob. Entonces, le agarró la mano y se sintió muy aliviado al ver que ella no lo rechazaba–. No puedo cambiar el pasado. Lo único que puedo intentar es construir un futuro, pero tú tienes la llave. No puedo hacerlo sin ti.

Anna miró las manos entrelazadas y sintió que se le caía una lágrima al regazo.

–Necesito tiempo para pensar. Hoy ha sido un día muy intenso.

Jacob asintió. No le quedaba más remedio que aceptarlo, pero se conformaría con una pequeña oportunidad.

–Esperaré, pero dime si hay algo que pueda hacer para acelerar el proceso.

–En este momento, más que nada, necesito saber que no solo estás a mi lado, sino que vas a permanecer allí.

–Por supuesto, Anna. Por supuesto.

–Lo digo en serio, Jacob.

–Y yo también, Anna –dijo él tras respirar profundamente–. Encontraré el modo de demostrártelo. No te defraudaré.

Jacob se marchó de la casa de Anna sumido en sus pensamientos. Habían cambiado muchas cosas en las últimas semanas, pero al menos, tenía una ligera esperanza para el futuro. No se podía permitir dudar del futuro, pero era ella la que lo cuestionaba. No le gustaba verla así. Anna era la optimista.

Tenía que mostrarle que era posible. Era el único modo de recuperar su corazón. Eso significaba demostrarle sin lugar a dudas que estaba a su lado.

Cuando salió del ascensor, estaba tan sumido en sus pensamientos que estuvo a punto de tirar al suelo a un hombre que entraba precipitadamente en el ascensor.

–Lo siento –dijo el hombre mostrándole una bolsa azul de Tiffany–. Ayer se me olvidó el aniversario de bodas. Tengo prisa por hacer las paces.

–No pasa nada –respondió Jacob.

Se dio la vuelta para contemplar cómo se cerraban las puertas del ascensor. No podía olvidarse de la bolsa azul.

Si quería mostrar a Anna que era firme en sus intenciones, tenía que dar el primer paso. La cuestión era cuándo encontraría el momento adecuado.

Capítulo Dieciséis

Cuando leyó el correo electrónico a la mañana siguiente, la incredulidad se apoderó de Jacob. La pieza perdida del rompecabezas. La información que había estado esperando. Por fin sabía la identidad del pez gordo que se había unido a War Chest. Aiden Langford. Y pensar que se había despertado preguntándose cuándo sería el momento adecuado de pedirle matrimonio a Anna… Eso tendría que esperar al menos un día más.

Aquel era un problema muy grave y tendría que resolverse antes de que fuera demasiado tarde. Sabía que cada hermano Langlord tenía un cinco por ciento de la empresa. Con esa cantidad de acciones, sería absolutamente factible que Aiden se adueñara de LangTel. Con toda la información que le había dado Anna, Aiden tenía razón de más para hacerlo.

Entró en su dormitorio. Arreglar aquella situación no era trabajo para una sola persona y no podía pedirle ayuda a Anna. Le expondría a demasiado estrés. Eso solo le dejaba una persona, la única que se había jurado que no volvería a confiar: Adam.

Se duchó y se vistió rápidamente. No había tiempo que perder. Tenía que ir a buscar a Adam. Cuanto antes idearan un plan para frenar a Aiden, mejor. Por suerte, sabía que a Adam le gustaba llegar temprano a su despacho. Jacob le pidió a su chófer que le llevara a LangTel. En el camino, le envió a Adam un mensaje.

Tenemos que hablar. Es importante. Voy de camino a tu despacho. No me hagas preguntas.

La respuesta de Adam fue: *Avisaré a seguridad.*

Jacob esperaba que se refiriera a que daría instrucciones a seguridad para que lo dejaran entrar en el edificio. Cuando llegó a LangTel, vio que efectivamente lo estaba esperando un guardia, pero solo para abrirle la puerta e indicarle qué ascensor debía tomar para subir.

La asistente de Adam ya lo estaba esperando.

—Señor Lin —le dijo—. ¿Puedo ocuparme de su abrigo? ¿Le apetece un café?

—No, gracias —respondió Jacob mientras le entregaba el abrigo—. Estoy bien.

—El señor Langford le está esperando.

—En realidad, sí que puede hacer usted algo por mí. Adam y yo vamos a hablar de una sorpresa para el cumpleaños de su hermana. Si ella viene por aquí, asegúrese de que no le deja pasar. No le diga siquiera que yo estoy aquí.

—Por supuesto, señor Lin. Su secreto está a salvo conmigo.

Jacob entró por fin en el despacho de Adam. Él lo estaba esperando sentado a su escritorio.

—Menuda sorpresa…

—Yo estoy tan sorprendido como tú —replicó Adam mientras se sentaba frente a él.

—¿Me vas a decir por qué estás aquí o vamos a seguir jugando a las repeticiones?

—Se trata de War Chest.

—La banda de ladrones que reuniste para destruir la empresa que mi padre construyó de la nada. Creo que lo sé todo de ellos.

–No. Se trata del grupo de inversores del que me echaron porque les presioné para que pararan porque no quería que una absorción estropeara las oportunidades que tenía con Anna.

–No empieces con Anna… Mira, tengo un día muy ocupado por delante. ¿Puedes ir al grano?

–Tu hermano Aiden se ha unido a War Chest.

–¿Cómo dices? –rugió Adam.

–Con el porcentaje de acciones que él tiene, pueden absorber LangTel sin muchas dificultades. Tienes que hacer algo al respecto ahora mismo.

–Dios mío… Aiden… –susurró Adam con incredulidad–. Lleva separado de la familia años. La situación empeoró cuando mi padre se puso enfermo, pero jamás imaginé que iría tan lejos… ¿Por qué no se lo has dicho a Anna en vez de a mí? ¿Tan mala relación tenéis después de vuestra ruptura?

Jacob decidió no seguir mintiendo.

–No, Adam. Anna está embarazada y yo soy el padre. No quería decírselo porque el estrés podría poner en peligro al bebé.

Anna llegó al edificio de LangTel y se dirigió a su despacho. Normalmente no llegaba tan temprano, pero no había podido dormir mucho. Tal vez el trabajo la ayudaría a distraerse de todas sus preocupaciones.

–Buenos días, señorita Langford. ¿Va a unirse usted a la reunión del señor Langford y del señor Lin? –le preguntó Carrie, su asistente, mientras le tomaba el abrigo.

Anna se quedó atónita.

–¿El señor Langford y el señor Lin reunidos? ¿Aquí?

–En estos momentos están en el despacho del señor Langford. Di por sentado que usted lo sabía…

A pesar de que se sentía confusa, Anna recuperó la compostura rápidamente.

–Sí, sí. Claro. Voy a reunirme con ellos.

Anna se dirigió hacia el despacho de su hermano como si nada. No sabía qué pensar. ¿Acaso era ese el modo que Jacob tenía de luchar por ella o de mostrar lo que era capaz de hacer? Solo esperaba que aquella reunión no terminara a puñetazos.

Al verla, la asistente de Adam se levantó de su butaca rápidamente.

–Señorita Langford, lo siento. El señor Langford está en una reunión muy importante…

–Eso me han contado –replicó ella sin detenerse.

Al entrar en el despacho, vio que los dos hombres la miraban con una mezcla de sorpresa y horror.

–Vaya, veo que los dos seguís vivos. Supongo que eso es bueno. Ahora, ¿me puede decir alguien lo que está pasando?

–Bueno… Teníamos algunas cosas de las que hablar –musitó Jacob con incomodidad.

–Eso es –apostilló Adam muy poco convincentemente.

–Los dos no podéis estar ni en el mismo código postal. ¿Qué os parece si volvemos a intentarlo de nuevo? –les espetó ella.

–Tal vez haya llegado el momento de cambiar eso… –comentó Adam.

Anna los observaba muy atentamente golpeando el suelo suavemente con un pie. Sabía que ocurría algo. Fue Adam el primero que no pudo aguantar más.

–Esto es una estupidez. Nadie se va a creer que tú y

yo podemos hablar, Jacob, y mucho menos Anna. Mira, lo sé todo –le dijo a su hermana–. No me puedo creer que estés embarazada y que no me lo hayas dicho. Soy tu hermano. Y que Jacob sea el padre… Ni siquiera sé por dónde empezar con todo esto. Es como un mal sueño.

Jacob se puso de pie y agarró a Anna del codo.

–Tuve que decírselo. Lo siento.

Ella cerró los ojos y asintió. Entonces, respiró profundamente. El hecho de que hubiera tenido las agallas suficientes de decírselo a su hermano le daba unos cuantos puntos.

–Tarde o temprano se lo teníamos que decir. Lo que no me puedo creer es que hayas venido aquí para esto y que no me lo hayas dicho a mí.

–Bueno, eso no es lo único de lo que estamos hablando –dijo Adam.

Jacob se volvió rápidamente a Adam y le recriminó con la mirada.

–¿Quiere alguien decirme qué es lo que está pasando?

–Bueno, ¿se lo quieres decir tú o se lo digo yo? –le preguntó Adam a Jacob.

–Por favor… Tenemos que guardar la calma por el bien del bebé –dijo Jacob–. He descubierto quién es el nuevo pez gordo de War Chest. Es Aiden.

–¿Cómo has dicho? –preguntó ella, atónita–. ¿Aiden? No lo comprendo.

–Es lo único en lo que no pensamos –dijo Adam–. Vamos a perder el control sobre la empresa y dudo que haya mucho que podamos hacer al respecto. Él siempre ha tenido un problema con LangTel y ya sabes lo que piensa de mí en particular. Jacob y yo estábamos pensando cómo conseguir el capital para parar esto.

Anna se sentó junto a Jacob.

–No, Adam. Tienes que ponerte en contacto con él. No debes luchar con dinero. Eso solo va a conseguir empeorar las cosas. Envíale un correo, dile que lo sabemos, pero hazlo amablemente. No queremos que se asuste. Dile que queremos hablar con él, que queremos saber por qué hace esto.

–¿Y de qué va a servir eso?

–¿Acaso se te ocurre otra idea? Es nuestro hermano. Si no le ofrecemos la rama de olivo, no nos perdonará nunca. Ponte en su lugar.

–Tal vez deberíamos hacerlo. A él le caes bien.

La voz de Adam temblaba. La raíz del problema con Aiden era su padre. Había enfrentado a los dos muchachos desde el principio.

–Creo que significará más si lo haces tú, en especial si usas el cariño. Esperará que te muestres agresivo y amenazante, así que no lo hagas. Sé su hermano.

–Estamos hablando de un negocio. ¿Crees que eso es lo aconsejable?

Anna se reclinó contra su silla y se cruzó de piernas.

–Pregúntale a Jacob qué le parece.

Adam miró a Jacob. Anna estaba atónita al pensar que hubieran conseguido estar así sin pelearse.

–Anna tiene razón –dijo Jacob–. Si tu hermano se siente fuera de la familia, va a hacer falta intentarlo con más tacto. Si tratas de pasar por encima de él como si fueras una apisonadora, él te aplastará. Yo sé exactamente cómo se siente uno estando apartado de la familia Langford, y no es agradable.

Anna tragó saliva al escuchar aquello. Adam se tensó.

–Está bien, lo haré –dijo por fin–. Iré por las buenas

y trataré de hablar con él. Ahora, si hemos terminado, tengo trabajo que hacer. Cuando tenga respuesta de Aiden, os informaré.

Jacob se aclaró la garganta y se puso de pie.

—En realidad, hay una cosa más.

—¿De qué se trata? —preguntó Adam.

—Necesito que sepas que amo a tu hermana más que a nadie o a nada en el mundo. Espero que ella y yo podamos encontrar el modo de solucionar las cosas, pero tenemos algunos obstáculos que superar y quiero librarme de uno de ellos ahora mismo. Tú y yo tenemos que dejar de pelearnos. Es una estupidez y, francamente, tengo cosas más importantes de qué preocuparme.

—¿De verdad crees que es tan sencillo como eso? —replicó Adam—. Es mucho más complicado de lo que tú quieres hacer creer.

—En realidad, Adam, no lo es. Es muy sencillo. ¿Amamos a Anna más de lo que nos odiamos el uno al otro?

Anna se quedó atónita. Seis años de enfrentamiento que Jacob acababa de resumir en una pregunta.

—Yo sé cuál es mi respuesta —añadió Jacob—. La amo mucho más de lo que te odio a ti, lo que te debería indicar a las claras lo mucho que la quiero a ella.

Adam se quedó boquiabierto, completamente sin palabras.

—Vaya… —dijo por fin—. Supongo que, efectivamente, es así de sencillo —añadió mirando a Anna—. Anna Banana, ciertamente te quiero a ti más de lo que le odio a él. No sé lo que habría hecho sin ti en este último año.

—En ese caso, enterremos el hacha de guerra, Adam. Por favor —afirmó Jacob.

—Si hace que Anna sea feliz, hecho.

139

Por primera vez en mucho tiempo, Anna sintió que podía respirar a gusto.

—Me haría muy feliz… —susurró ella. Entonces, se levantó y se dirigió a su hermano para darle un abrazo.

—Todavía no me puedo creer que vaya a ser tío —murmuró Adam al oído de ella.

—Ojalá todo vaya bien. Crucemos los dedos.

—Si hay algo que necesites, solo tienes que hacérmelo saber —afirmó Adam dando un paso atrás, pero aún agarrándole los hombros.

—Por supuesto…

—Y en cuanto a ti —prosiguió Adam. Extendió la mano para estrechar la de Jacob—. Nunca pensé que llegaría este día. Será maravilloso dejarlo todo atrás.

—Deberíamos haberlo hecho hace mucho tiempo —observó Jacob.

Anna salió la primera del despacho de Jacob.

—Jamás imaginé que mi día empezaría así —murmuró Anna.

—¿Podemos hablar?

—Por supuesto, pero aquí no. Vayamos a mi despacho —dijo ella.

Holly, al igual que el resto de los empleados de LangTel, se quedó asombrada al ver a Jacob Lin allí. Cuando por fin llegaron al despacho, Anna cerró la puerta.

—Debe de haber sido muy duro para ti tragarte tu orgullo con Adam. Estoy anonadada de que hayas hecho eso por mí —dijo ella.

—Lo he hecho por nosotros. Tenía que terminar.

—Te admiro por ello —susurró ella—. No sé qué más decir aparte de gracias. Sé que no ha podido ser fácil.

—No lo ha sido, pero lo único que me importa es recuperarte…

Anna sintió un hormigueo por todo el cuerpo. Las rodillas amenazaron con doblársele.

–¿Y ahora qué?

–Ven a cenar conmigo. En mi casa.

Si había sido capaz de convencer a Adam de que se olvidaran de las rencillas del pasado, ¿podría ella hacer lo mismo?

–Me encantaría…

Jacob sonrió afectuosamente.

–Me alegro…

Jacob le colocó una mano en el hombro y se inclinó para besarla. Anna estuvo a punto de tener un ataque al corazón. Cerró los ojos y esperó recibir en los labios la recompensa deseada. Cuando llegó, lo hizo sobre la mejilla.

Anna se habría sentido desilusionada si no hubiera sido tan dulce.

–Veo que vas a lo seguro –comentó con una sonrisa.

–Pasitos de bebé, literalmente –repuso él colocándole la mano sobre el vientre.

Anna sintió que el tacto de Jacob trasmitía sus dudas. Se estaba conteniendo. Iba poco a poco.

–Hasta esta noche…

Capítulo Diecisiete

Jacob no había llegado aún al vestíbulo del edificio cuando recibió un mensaje de Anna.

No te marches todavía. Estoy manchando. He ido al baño y he visto la sangre…

Jacob no se podía creer que aquello estuviera ocurriendo, cuando todo parecía empezar a ir bien. Esperó a que se abrieran las puertas del ascensor y volvió a pulsar el número de la planta en la que estaba el despacho de Anna: *Permanece tranquila. Subo enseguida.*

Tras enviarle el mensaje a Anna para que supiera que subía, le mandó otro a su chófer para indicarle que se preparara para llevarlos al hospital lo más rápidamente posible.

Al llegar a la planta, echó a correr hacia el despacho y entró rápidamente.

–Ya estoy aquí. Mi coche está abajo.

Anna estaba muy pálida. Podrían perder el bebé… Ella asintió y se puso el abrigo. Jacob le rodeó los hombros con el brazo y la sacó del hecho. No dijeron nada a nadie. No había tiempo de dar explicaciones.

–He llamado a la doctora Wright –susurró ella mientras esperaban el ascensor–. Está esperándonos. Me dijo que fuéramos a su consulta y no a urgencias.

–Muy bien. No te preocupes. Todo va a salir bien…

Jacob llevó a Anna al coche y atravesaron rápidamente la ciudad. Jacob abrazó a Anna y la estrechó contra su cuerpo. Ella se dejaba consolar. Al menos se tenían el uno al otro. Fuera lo que fuera lo que el futuro les deparara, los dos como pareja o los tres como familia lo superarían todo.

Cuando llegaron al hospital, Jacob llevó rápidamente a Anna hasta la sexta planta. La enfermera ya los estaba esperando y los acompañó rápidamente a una sala de exploración. Anna se puso una bata. La doctora Wright llegó instantes después. Le indicó a Anna que se tumbara.

Jacob le tomó la mano. Se sentía tan impotente… Las dos personas a las que más adoraba estaban allí. Anna y el bebé. No podía hacer mucho para mantenerlos a salvo.

La doctora Wright habló por fin.

—La buena noticia es que el cérvix está cerrado. Ahora vamos a escuchar el latido del corazón para asegurarnos de que no hay sufrimiento fetal. Antes de que lo hagamos, quiero que los dos comprendan que el embarazo tiene tan pocas semanas que, si el bebé corre peligro, no hay mucho que podamos hacer. Los dos son jóvenes y tienen toda la vida por delante.

Jacob miró a Anna. Ella tenía los ojos llenos de lágrimas y, al verla, los suyos también se llenaron. Su sueño de una vida junto a Anna aún podía ocurrir, pero sería diferente si perdían al bebé. Él seguiría deseando estar a su lado si ocurriera lo peor, pero, ¿y Anna? Sin aquel niño que los unía y con todos los errores que él había cometido, tal vez no quisiera seguir a su lado…

—Lo comprendemos. Adelante —dijo Anna. Jacob asintió de mala gana.

Volvieron a escuchar los mismos sonidos que la otra vez, pero en aquella ocasión con pánico, aferrándose a un hilo de esperanza. Jacob jamás había pedido tantos deseos en único momento. Si iban a recibir la peor de las noticias, experimentarían juntos el dolor de ese instante. Anna no estaría sola.

Ruido… ruido… ruido…

Y, de repente, ahí estaba: bum-bum-bum.

Los ojos de Anna cobraron vida, acompañados de una maravillosa sonrisa. Jacob sintió que podía volver a respirar.

—El bebé…

—El latido es perfecto –confirmó la doctora Wright.

—Gracias a Dios… –susurró Jacob.

Nunca antes había experimentado un alivio similar a aquel. Cerró los ojos un instante y entonces se inclinó para darle un beso en la frente a Anna.

La doctora Wright se volvió para mirarlos mientras que Jacob ayudaba a Anna a incorporarse.

—Me gustaría que permanecieras en la cama las próximas veinticuatro horas y que descanses. Es posible que esto sea tan solo un sangrado ocasional y que no tenga nada que ver con los otros problemas.

—¿Normal?

—Sí, señor Lin. Normal. Posiblemente. Aún no hemos superado el peligro. No hay nunca garantías, pero yo diría que todo, por el momento, tiene buenas perspectivas. Váyanse a casa. Relájense juntos. Papá, hoy nada de ir a trabajar. Quédese con ella y llámeme si algo va mal.

—No tiene que preocuparse por eso, doctora. No pienso ir a ninguna parte.

Capítulo Dieciocho

Jacob y Anna llegaron al apartamento de Jacob sobre la una después de ir al de Anna a recoger unas cuantas cosas. Él insistió en que estarían más cómodos en su casa, dado que estaban más cerca del hospital si tenían que regresar. Aunque no podían hacer nada más que esperar a que terminara el sangrado, al menos lo estarían haciendo juntos.

Anna se puso unos pantalones de pijama y una camiseta de tirantes. Desgraciadamente, encontró una cantidad muy similar de sangre cuando fue al cuarto de baño.

—Sigo sangrando –le dijo a Jacob–, pero no es peor que antes. Eso es bueno.

—No quiero que te preocupes por ello –repuso él. Retiró la colcha y la animó a tumbarse en la cama–. Su trono, *milady*.

Ella sonrió.

—¿Estás en pijama?

—Por supuesto. No pienso dejarte sola en esta cama –respondió él. Se había puesto un pijama y unos pantalones cortos–. Podríamos estar viendo películas toda la tarde. Creo que nunca he hecho pellas del trabajo…

—Creo que, por el momento, tan solo quiero hablar. Tal vez dormir un rato.

Los dos se metieron en la cama. Era una situación muy rara, dado que no sabían muy bien lo que había entre ellos. Anna sabía lo que sentía. Él le había demostrado que era capaz de luchar por ella y había estado a su lado en la consulta del médico, dándole la mano. Incluso había llorado con ella. Sabía que el amor que sentía hacia él no había desaparecido.

–Esto no es exactamente lo que me había imaginado cuando deseé que volvieras a meterte en mi cama –dijo él mientras golpeaba la almohada para mullirla.

Anna se echó a reír.

–En estos momentos, esto es todo el romanticismo que puedo soportar –comentó. Vio que la expresión de él se entristecía–. No lo decía en ese sentido, Jacob. De verdad que no.

–No pasa nada. Simplemente estoy tratando de leerle como a un libro. Estoy esperando que me digas que me permites volver a amarte de nuevo.

Anna se tumbó de costado y le tomó la mano.

–¿Crees que podrás volver a amarme de nuevo?

–Anna, jamás he dejado de amarte…

–¿Nunca? ¿Ni siquiera un minuto? ¿Qué me dices del día que entré en tu despacho?

–No. Ese día también te amaba. Simplemente, me dolía más entonces. Eso es todo.

Anna pensó en las cosas horribles que salieron por su boca aquel día y, sin embargo, él había hecho lo inimaginable.

–Aquel día debería haberte escuchado. Estaba dolida, pero tú tenías razón en algunas cosas. Lo que tú habías hecho no cambiaba lo que había entre nosotros. En cierto modo, fue mejor que nos enamoráramos en una especie de vacío, ocultando nuestra relación de mi familia y del resto del mundo. Era el único modo en el que podía ocurrir y ser real. No había influencia externa.

–Solos tú y yo, Anna. Así debería ser. Solos tú y yo –susurró él con una sonrisa–. Te amo más de lo que sabrás nunca. Para siempre –añadió mientras le apartaba un mechón de la frente–. Empecé a enamorarme de ti desde aquel primer beso y mis sentimientos tan solo han ido haciéndose más fuertes.

–Siento que estar conmigo haya sido una prueba tan grande…

–Nos hemos puesto a prueba el uno al otro –dijo él encogiéndose de hombros–. Todas las parejas lo hacen.

–En cierto modo, es bueno. Si hemos podido sobrevivir a todo eso, podemos ocuparnos de las noches sin dormir, de los pañales, de las rabietas de los dos años y de todo lo que venga después…

–Pero eso es solo del bebé, Anna. Nos espera mucho más que eso. ¿Lo quieres?

A Anna, de repente, le costó respirar. Efectivamente, ella quería más. Mucho más.

–Claro que sí…

–Bien, porque no puedo volver a perderte. Ya sabes que soy un pragmático. Me enfrento con los números todo el día. Con absolutos. Pero así es el amor que siento por ti. Absoluto.

Anna empezó de nuevo a llorar.

–Eso es lo más hermoso que me ha dicho nadie en toda mi vida.

–Es cierto. Todo cierto…

De repente, Jacob se levantó de la cama y se dirigió hacia la cómoda. Cuando se volvió, tenía un estuche azul de Tiffany en la mano. Anna contuvo la respiración.

–Jacob… –murmuró mientras se incorporaba en la cama secándose las lágrimas.

–Shhh. Quiero hacerlo bien.

–Lo sé… Pero quiero que pienses en que yo podría perder al bebé. ¿Seguirías sintiendo lo mismo si eso ocurriera?

Jacob se sentó al borde de la cama.

–Anna Langford, te amo con todo mi corazón y toda mi alma. Si perdiéramos ese bebé, mi amor por ti no cambiaría. Lo superaríamos y encontraríamos el modo de que fuera más fuerte –dijo. Le ofreció el estuche–. Si me haces el honor de convertirte en mi esposa, te prometo que te amaré y soportaré a tu familia hasta mi último aliento.

Ella sonrió mirando lo que él le ofrecía en aquella mano: un futuro lleno de felicidad.

–Y yo te amo tanto que no hay nada que desee más que tenerte como esposo.

Jacob abrió el estuche y sacó un hermoso solitario engarzado en platino. Se lo colocó en el dedo. Anna se tapó la boca con la mano mientras admiraba el anillo.

–Es precioso… No estoy segura de que pudiera llevar un anillo más grande sin ayuda –bromeó.

–Te juro que en la tienda no parecía tan grande. Ahora, lo único que quiero es verlo en tu mano. Nada podría hacerme más feliz.

Jacob se inclinó y la besó. Era la primera vez que sus labios se rozaban desde la ruptura y fue como si Anna volviera a nacer. Aquel ligero roce les indicó que estaban hechos el uno para el otro. Para siempre.

–Aquí sería la parte en la que nos arrancamos la ropa el uno al otro y hacemos el amor toda la noche. Lo siento… –susurró ella.

–No te preocupes. Puedo esperar unas noches más hasta que dejes de sangrar. Entonces, te haré mía…

Se acurrucó contra ella, tomándola entre sus brazos y haciéndola sentir muy protegida.

–Mientras tanto, esperaremos juntos a ver qué es lo que ocurre.

Anna respiró profundamente para contener las lágrimas que amenazaban con fluir de nuevo. Decidió que no lloraría más. Ya había habido demasiadas lágrimas en el último año. Había llegado el momento de ser feliz.

–Está lloviendo –dijo mirando hacia la ventana.

–Igual que aquella noche en el campo.

–Supongo que llovió aquella noche… al menos había charcos en el suelo al día siguiente.

–Llovió a mares y tú ni te enteraste.

–¿Y tú no dormías?

–No. Estaba demasiado ocupado preguntándome cómo iba a superar el escollo de tu hermano para llegar a ti. Ahora, lo que necesitamos es esperar que él se pueda ocupar de tu otro hermano.

Anna le colocó un dedo en los labios.

–No hablemos de lo malo. Pensemos solo en lo bueno.

Jacob sonrió y la estrechó entre sus brazos. Entonces, le dio un beso en la cabeza.

–Todo lo bueno que puedo desear está aquí entre mis brazos –musitó.

A la mañana siguiente salió el sol. Después del diluvio de toda la noche, Jacob esperó que aquello fuera buena señal. No había dormido en toda la noche, consumido por una mezcla de gratitud hacia Anna por haber aceptado su proposición de matrimonio y por la esperanza de que aquel día les llevara buenas noticias.

Anna estaba dormida a su lado, entre sus brazos.

No habían estado juntos en la misma cama desde hacía semanas, pero lo estarían ya para siempre.

Ella empezó a despertarse. Jacob se alegró de poder volver a hablar con ella, pero también comprendió que ella se levantaría pronto e iría al cuarto de baño. Entonces, tendrían buenas o malas noticias.

–Te has despertado… –susurró él apartándole el cabello del rostro.

–Sí… –dijo ella. Se incorporó y sacó los pies de la cama.

–¿Vas a…? –le preguntó Jacob señalando el cuarto de baño.

–Sí. Crucemos los dedos.

–Ocurra lo que ocurra, Anna. Aquí estoy. Para lo bueno o para lo malo.

Anna se dirigió al cuarto de baño. Jacob se levantó preguntándose cuándo podría saber si las cosas iban bien o mal. Decidió que el momento era cuando oyó que ella tiraba de la cadena.

–¿Y bien?

–Nada –respondió Anna desde el otro lado de la puerta–. No hay más sangre.

Jacob no se pudo contener y abrió la puerta.

–¿De verdad? ¿Nada?

Ella asintió mientras se lavaba las manos.

Jacob dio las gracias en silencio y se acercó a ella para abrazarla por detrás. Estaba tan guapa por la mañana… El hecho de que estuviera embarazada y de que llevara su anillo de compromiso la hacía aún más irresistible. Era el hombre más afortunado de la Tierra.

–Me alegro tanto…

–Lo sé. Yo también… Yo también –repitió mientras se acariciaba suavemente el vientre.

–¿Sabes una cosa? Creo que vamos a hacer unos bebés preciosos –dijo él besándole lo alto de la cabeza. Era la verdad. Sus hijos serían muy, muy guapos.

Anna se dio la vuelta entre sus brazos y lo miró.

–¿Bebés? ¿En plural?

–Por supuesto. Quiero un montón de pequeños Lin corriendo por la casa.

Anna se echó a reír a carcajadas

–¿Un montón de pequeños Lin?

–Sí, Anna. Tuve que tragarme mi orgullo con tu hermano. Tengo que ganarle en algo. Espero que eso me lo concedas…

–Lo siento. No sé a qué te refieres. ¿Ganarle en qué, exactamente?

–Nosotros tendremos siempre un hijo más que Melanie y Adam. Si ellos tienen dos, nosotros tres... Así.

–Pues eso de ser tan competitivo con mi hermano nos va a salir muy caro, ¿sabes? Colegios, cazadoras de cuero para todos…

Jacob se echó a reír. Jamás se habría imaginado que podría ser tan feliz.

–Anna, cariño. Déjame eso a mí.

Epílogo

Después de todo lo ocurrido en el último año, Anna tenía muchas ganas de bailar con su hermano en la boda de este. Se había imaginado un enorme y lujoso salón de baile, cientos de invitados felices y un enorme pastel de boda, pero jamás se le habría ocurrido que vería a Aiden bailando con su madre.

–Aiden parece estar muy contento de volver a formar parte de la familia –le dijo ella a Adam.

Cuando el baile terminó, Evelyn Langford tenía los ojos llenos de lágrimas de felicidad. Tenía a sus tres hijos juntos por primera vez en muchos años y, además, un nieto de camino.

–Aiden parece muy feliz, es cierto –apostilló Adam–. Aún no me puedo creer la jugarreta que le hizo papá, pero me alegro de que haya podido superarla. Sé que no ha sido fácil para él.

Anna no quería pensar en las cosas que habían salido a la luz sobre su padre y su volátil relación con Aiden. Años de malentendidos en los que Aiden se había visto ninguneado en favor de Adam. Solo quería centrarse en lo bueno.

–Creo que ayudó mucho que los dos hablarais. Él necesitaba saber que ya no seguías siendo tan leal a papá.

–Quería mucho a papá, pero los dos sabemos que podía ser muy testarudo y bastante estrecho de miras.

Eso no significa que no fuera un buen hombre, solo que cometió errores. Todos cometemos errores. Yo tengo la vida llena de ellos y aún no he cumplido los treinta y cinco años.

Anna sonrió. No iba a frotar sal en las heridas. Se alegraba mucho de que la amistad entre Adam y Jacob hubiera resurgido de nuevo. No eran los mejores amigos del mundo, pero disfrutaban de los momentos que pasaban juntos. Eso era lo máximo a lo que se podía aspirar por el momento.

—Hablando de errores. ¿Por qué no se nos ocurrió a ninguno la idea de dirigir LangTel como copresidentes? Es una idea brillante.

La idea había sido de Jacob, dado que ya estaban reestructurando el organigrama para que Aiden pudiera incorporarse como vicepresidente de marketing. Para Anna, aquella situación sería ideal. Cuando naciera el bebé en el mes de junio, si hubiera sido nombrada presidente, no habría tenido tiempo para ser la clase de madre que quería ser. Su carrera era importante, pero no quería que a su hijo lo criara una niñera. Esa existencia había sido difícil para Jacob y ella no quería repetir el mismo patrón. Ni él, comprensiblemente, tampoco..

—Te prometo que ya no habrá más peleas. Eso de compartir la dirección de la empresa me dará tiempo para ocuparme de mis propios proyectos. Es perfecto.

—Es perfecto para los dos —añadió ella.

En aquel momento, Jacob se acercó a ellos con una sonrisa en los labios.

—Eh, Langford. No quiero pelearme contigo, pero me gustaría bailar con mi futura esposa.

Adam le dio a Anna un beso en la mejilla.

—Me parece que alguien está cansado de compartirte. No puedo decir que le culpe –dijo Adam mientras le daba a Jacob una palmada en la espalda–. Os dejo a los tortolitos. Tengo que ir a buscar a mi esposa.

Jacob tomó a Anna entre sus brazos y la hizo girar varias veces.

–Por fin te tengo para mí solo…

Anna rio. Estaba muy guapa con su vestido de dama de honor color berenjena. De repente, le pareció que estaban solos en la pista de baile. Jacob era el hombre de sus sueños, perfecto para ella. No podía ser más feliz.

–Necesitamos practicar en la pista de baile. Dentro de poco más de un mes volveremos a estar en esta situación.

Su boda no sería tan extravagante. Tan solo unos cincuenta invitados en la casa de campo de Jacob. Ninguno de los dos quería nada más elaborado. Jacob había bromeado diciendo que esperaba que hubiera una tormenta de nieve para que nadie pudiera asistir y, de ese modo, tener a Anna para él solo durante una semana o más. Ella no podía culparle. El plan era perfecto.

La estrechó entre sus brazos un poco más, envolviéndola en su calor. Estaba espectacular con el chaqué.

–No me puedo creer que vayas a ser mi esposa. Sinceramente. Nunca pensé que fuera a formar parte de la familia Langford. Me está costando imaginarme cómo va a ser, en especial después de pasar seis años en el exilio.

–Las cosas ocurren por una razón –replicó ella mirándole a los ojos–. Estoy segura de ello. Tal vez Adam y tú terminéis teniendo una amistad aún más fuerte que antes. Ciertamente, yo tampoco estaba preparada hace seis años para salir huyendo contigo y quedarme embarazada. Así que, tal vez, las cosas han sido así para bien, por difíciles que hayan resultado estos años.

Jacob asintió y sonrió ligeramente.

–Yo lo volvería a sufrir por ti. Cada minuto.

–Eres un cielo…

–En realidad, lo que estoy intentando es hacer méritos para poder quitarte ese vestido berenjena.

–Y yo también. Me muero de ganas por cambiarme. Me aprieta un poco en el vientre.

A Anna aún no se le notaba el embarazo, pero la tripa le había engordado un poco. A Jacob le encantaba tumbarse en la cama y hablarle a la tripa. Luego, sacaba su *doppler* para escuchar el corazón. Era un padre muy concienzudo.

De repente, la estrechó entre sus brazos mientras se movían sin esfuerzo al ritmo de la música.

–¿Eres feliz? –le preguntó.

–¿Qué clase de pregunta es esa? –susurró ella.

–Considerando todo lo que hemos pasado, quiero saber que eres feliz, Anna. Es lo único que me importa.

Ella le miró a los ojos, que relucían sobre ella como los rayos del sol el primer día de primavera. Anna podría perderse en aquellos ojos durante toda una vida y ser feliz hasta el delirio.

–No creo que sea posible ser más feliz. De verdad. Lo único que quiero es estar contigo.

–Me alegro…

Jacob dejó poco a poco de bailar. Entonces, bajó la cabeza y le dio el beso más sexy y apasionado que Anna pudiera haber imaginado. Fue lento y seductor, separándole suavemente los labios y dejándole saborear un instante la lengua. La dejó a punto del desmayo.

–Jacob, mi familia nos estará mirando… –susurró

ella mientras tomaba aire. Decidió que debían proseguir aquel beso en cuanto llegaran a casa después de la recepción de bodas.

–Pensaba que estábamos de acuerdo en que tu familia ya había interferido lo suficiente en nuestros besos.

–Es cierto, pero estamos en una boda. No queremos que nos señalen, ¿verdad?

Jacob soltó una carcajada y le hizo dar una vuelta entre sus brazos. Entonces, la hizo detenerse y volvió a darle un apasionado beso en los labios. En aquella ocasión, prácticamente la hizo llegar hasta el suelo entre sus brazos. La dejó sin aliento, dispuesta a rendirse a él en un salón de baile repleto de invitados.

–Dime que me detenga…

Anna sonrió, presa en los ojos de Jacob y en el sugerente murmullo de su voz.

–Jacob Lin, no quiero que pares nunca…

Una semana de amor fingido
Andrea Laurence

Tenía que fingir ser la novia del soltero Julian Cooper. Habría mujeres que se emocionarían si se lo pidieran, pero no Gretchen McAlister. Su trabajo consistía en organizar bodas, no en ser la novia del padrino, pero después de la ruptura de Julian con su última y famosa novia, salir con Gretchen, una chica normal, era una perfecta estrategia publicitaria.

Julian estaba en contra del plan hasta que conoció a Gretchen. Hermosa y sincera, incluso después de su cambio de aspecto, su nueva novia le hacía desear algo más, algo verdadero.

¿Qué pasa cuando una falsa novia se vuelve verdadera?

¡YA EN TU PUNTO DE VENTA!

Acepte 2 de nuestras mejores novelas de amor GRATIS

¡Y reciba un regalo sorpresa!

Oferta especial de tiempo limitado

Rellene el cupón y envíelo a
Harlequin Reader Service®
3010 Walden Ave.
P.O. Box 1867
Buffalo, N.Y. 14240-1867

¡Sí! Por favor, envíenme 2 novelas de amor de Harlequin (1 Bianca® y 1 Deseo®) gratis, más el regalo sorpresa. Luego remítanme 4 novelas nuevas todos los meses, las cuales recibiré mucho antes de que aparezcan en librerías, y factúrenme al bajo precio de $3,24 cada una, más $0,25 por envío e impuesto de ventas, si corresponde*. Este es el precio total, y es un ahorro de casi el 20% sobre el precio de portada. !Una oferta excelente! Entiendo que el hecho de aceptar estos libros y el regalo no me obliga en forma alguna a la compra de libros adicionales. Y también que puedo devolver cualquier envío y cancelar en cualquier momento. Aún si decido no comprar ningún otro libro de Harlequin, los 2 libros gratis y el regalo sorpresa son míos para siempre.

416 LBN DU7N

Nombre y apellido	(Por favor, letra de molde)
Dirección	Apartamento No.
Ciudad	Estado	Zona postal

Esta oferta se limita a un pedido por hogar y no está disponible para los subscriptores actuales de Deseo® y Bianca®.
*Los términos y precios quedan sujetos a cambios sin aviso previo.
Impuestos de ventas aplican en N.Y.

SPN-03 ©2003 Harlequin Enterprises Limited

Bianca

**En aquella isla, los días eran calientes…
y las noches apasionadas**

El exagente de las Fuerzas Especiales Alexander Knight debía llevar a cabo una última y peligrosa misión… proteger a un testigo clave en un caso contra la Mafia.

Cara Prescott era la bella y ardiente joven a la que Alex tenía que mantener con vida a toda costa… y que se suponía era la amante del acusado.

La única manera que encontró Alex de protegerla fue esconderla en su exótica isla privada… donde la pasión no tardó en apoderarse de ellos. Pero ¿cómo podría protegerla sin saber lo peligrosa que era realmente la verdad?

DESNUDA EN SUS BRAZOS
SANDRA MARTON

Deseo

CRISTO

Enredos de amor

BRONWYN JAMESON

Su nuevo cliente era endiabladamente guapo, con un encanto devastador… y escondía algo. ¿Por qué si no iba a interesarse un hombre tan rico y poderoso como Cristo Verón por los servicios domésticos de Isabelle Browne? Sus sospechas se confirmaron cuando descubrió su verdadera razón para contratarla. Y, sin saber bien cómo, aceptó su ridícula proposición. Cristo protegería a su familia a cualquier coste, y mantener a Isabelle cerca de él era esencial para su plan. El primer paso era que ella representara el papel de su amante, pero no había contado con que acabaría deseando convertir la simulación en realidad.

De sirvienta a querida

¡YA EN TU PUNTO DE VENTA!